첫말
읽는
바보

＊ 이 책은 2012학년도 대진대학교 학술연구비 지원에 의하여 발간되었습니다.

책만 읽는 바보

이만수 지음

이담 Books

올해도 다시 '독서의 달'은 오고 있는데……

　　　　　미래사회는 꿈의 사회(dream society)이다. 꿈의 사회는 창의력과 상상력이 중심이 되는 사회이다. 꿈과 이미지에 의해 움직이는 사회인 것이다. 경제의 주력 엔진이 '정보'에서 '이미지'로 넘어가는 사회이다. 꿈과 이미지는 창의력과 상상력에서 생성되는 것이다. 창의력과 상상력은 독서에서 출발한다. 독서는 삶을 풍요롭게 하는 마음의 양식이다. 우리는 독서를 통하여 살아가면서 부딪치는 수많은 문제에 대한 해답을 얻을 수 있다. 한 권, 두 권 읽은 책의 내용들은 모두가 값진 보배이다. 독서는 평생의 과업이다.

　　해마다 어김없이 9월 독서의 달이 다가오고 있다. 도서관이나 서점, 독서단체에서 행사 준비에 바쁘다. 독서의 달을 제정한 것은 바람직하다. 그러나 특정한 달이나 장소에서만 독서하는 것은 아니다. 독서는 언제, 어디서나, 꾸준하게, 특별히 시간을 내어서, 의도적으로 하는 것이다. 독서하는 방법은 다양하다. 훑어보기, 빨리 읽기, 꼼꼼히 읽기, 판단하면서 읽기 등이다.

"책을 읽는 것은 책이 말을 걸어오고, 우리들의 영혼이 그것에 대답하는 끊임없는 대화"라고 한다. 독서의 의미와 장점을 함께 표현한 말이다.

도서관은 있으나 책을 읽는 이용자가 없는 도서관, 책을 읽고 싶어도 어떤 책을 어떻게 읽는 것이 좋은지 모르는 청소년들, 독서에 관심은 있으나 효과적인 지도 방법을 익히지 않는 어른들……. 모든 것이 안타까운 오늘의 현실이다. 우리 모두 "거실을 서재로!" 독서 환경을 만들고, 독서에 관심을 갖자.

청소년들의 현재 생활은 물론이요, 미래의 생활을 위해서라도 올바른 독서법을 알아야 한다.

'사숙(私淑)'이라는 말이 있다. '직접 가르침을 받지 않았지만 그 사람을 사모하며 본받아서 도나 학문을 닦는다'라는 말이다. 이 말의 출전은 『맹자(孟子)』이다. 맹자는 공자(孔子)보다 100여 년 뒤에 태어났다. 당연히 그는 공자로부터 직접 가르침을 받을 수 없었지만 그가 항상 마음속에 자신이 본받아야 할 모범으로 간직하였던 것은 바로 공자의 삶이었다. 맹자는 이런 자신의 행위를 '사숙'이라고 불렀던 것이다. 청소년 시절에 훌륭한 자서전이나 인물 평전을 읽기를 권한다. 그것은 우리에게 감동을 줄 뿐 아니라, 본받아야 할 삶의 길을 제시하기 때문이다.

9월은 독서의 달이다. 책을 읽어 우리 앞날을 밝게 열어 가자. 읽으면 행복하다.

올해도 다시 '독서의 달'은 오고 있는데…….

공공도서관에는 얼마나 많은 사람이 찾아올까? 우리 모두 책을 읽자. 미래의 사회는 꿈의 사회이다.

이 책은 모두 여덟부문으로 다음과 같이 나누었다.

(1) 나는 책만 읽는 바보다. (2) 독서란 무엇인가? (3) 왜, 독서가 중요한가? (4) 대학 졸업장보다 독서습관이 더 중요하다. (5) 독서하는 사람이 지도자가 된다. (6) 독서운동을 펼치자. (7) 독서문화, 이것이 문제이다. (8) 독서는 마음을

치료할 수 있다.

　아무쪼록 책을 사랑하고 독서를 좋아하는 분들에게 도움이 되기를 바란다.

　끝으로 남편과 두 딸을 위하여 헌신적인 노력을 한 홍현숙(洪賢淑) 여사에게 고마운 마음을 전한다. 또한 이 책이 나오기까지 교정을 비롯하여 많은 도움을 준 큰딸 중원대학교 이지연(李知衍) 교수와 작은딸 숭의여자대학 이지나(李知娜) 교수에게 질 높은 교육과 연구에 매진하는 훌륭한 교수가 되기를 바라면서 아버지의 따뜻하고 사랑하는 마음을 전한다.

　그리고 참고한 관계 문헌에서 받은 은혜에 대하여 저자 여러분에게 감사드리며, 여러 가지 어려움을 무릅쓰고 출판을 기꺼이 허락하여 주신 한국학술정보(주) 대표이사님과 관계자 여러분께 감사드린다.

2012년 1월 5일
왕방산 아래 서재에서
谷泉 李萬洙

목
차

•

Part 1

나는
책만
읽는
바보다

나는 책만 읽는 바보다

행복한 가정에는 책 읽는 소리가 난다. 독서는 행복한 가정의 조건 중의 하나이다. 책을 읽으면 행복하다. 책 속에 행복이 있다. 인생의 철학이 있다. 삶의 지혜가 있다. 독서하면 상식과 교양이 풍부해지고, 독해 능력도 뛰어나게 되고, 공부도 잘하게 된다.

'남아수독오거서(男兒須讀五車書)', 책을 많이 읽어야 한다는 말이다. 다시 말하면 "사람 노릇 잘하려면 많은 책을 읽어야 한다."는 뜻이다. 영국의 철학자 베이컨은 "토론은 부드러운 사람을 만들고, 글쓰기는 정확한 사람을 만들며, 독서는 완전한 사람을 만든다."고 하였다.

도서관을 찾는 학생들은 많으나 정보를 찾기 위하여 이용하는 이용자는 찾기 어렵다. 대부분 학생들이 자기 책을 가지고 와서 도서관 자리를 차지하는 좌석 이용자다. 그러나 국립도서관을 가 보라, 두꺼운 돋보기를 끼고 열심히 자료를 찾는 어르신들이 있고, 대학도서관을 가 보라, 서가에서 무엇인가를 찾고, 컴퓨터 앞에서 열심히 정보를 검색하는 학생들이 있다. 안타까운 것은 초·중·고등학생들이 학교도서관에서 독서하는 모습이 보이지 않고, 독서를 지도하는 사서교사가 없다는 것이다. 그러므로 도서관에 "독서는 없고 공부만 있다."는 주장이 설득력이 있는 것이다.

우리는 세계 최고를 자랑하는 인쇄문화의 종주국임을 소리 높여 외치기 전에 부끄러운 독서문화부터 다시 생각해야 할 것이다. "책을 읽지 않는 민족에게는 미래가 없다."는 말은 우리들에게 독서의 중요성을 일깨워 준다.

책 읽고 있는 모습을 보면 아름답다. 책을 읽고 있는 청소년의 모습이 보고 싶다. 도서관에서 책을 읽고 있는 대학생을 보면 마음이 흐뭇하고 기분이 좋다. 독서하고 있는 모습을 보면서 희망찬 학생의 앞날을 생각해 본다.

독서하는 모습은 참으로 아름답다. 연구실에서 책을 읽고 있는 교수는 학생을 감동시킨다. 책을 읽고 있는 사장은 사원에게 애사심을 갖게 하고 성취동기를 촉진시킨다. 독서하면 아름답다. 읽으면 행복하다. 나는 책 읽는 행복한 바보다.

1. 간서치 이덕무

독서가 중요하다고 자꾸 말하면 바보라 해도 좋을 듯하다. 독서의 중요성을 여러 번 반복하거나 끊임없이 계속하여 말하면 정말 어리석을까?

형암 이덕무는 자기 자신을 "책만 읽는 바보(멍청이)", 즉 "간서치(看書癡)"라고 불렀다고 한다. 그래서 필자도 독서를 자꾸 말하면 "바보"라고 말해 보았다.

정민 교수가 쓴 『미쳐야 미친다(조선 지식인의 내면 읽기)』라는 책을 읽고 문득 생각해 보았다. 정민 교수는 " '불광불급(不狂不及)', 미치지(狂) 않으면 미치지(及) 못한다. 세상에 미치지 않고 이룰 수 있는 큰일이란 없다. 학문도 예술도 사랑도 나를 온전히 잊는 몰두 속에서만 빛나는 성취를 이룰 수 있다."고 주장하였다. 그 말은 남이 미치지 못할 경지에 도달하려면 미치지 않고는 안 된다는 뜻이다. 미쳐야 미친다. 미치려면[及] 미쳐라[狂]. 주위 사람들에게 광기(狂氣)로 비칠 만큼, 몰두하지 않고는 결코 남들보다 우뚝한 위치에 설 수 없다는 것이다.

형암 이덕무가 바로 이런 사람이다. 형암은 조선 후기의 실학자이다. 본관은 전주이며, 자는 무관(懋官)이다. 호는 형암(炯庵), 아정(雅亭), 청장관(靑莊館), 영처(嬰處), 동방일사(東方一士) 등으로 다양하다.

서얼(庶孼) 출신으로 가난한 환경에서 자랐고, 정규교육을 받지 못했으나, *박람강기(博覽强記)하고, 시문(詩文)에 능하여 젊어서부터 이름을 떨친 사람이다.

또한 글자나 사실(史實)에 대한 고증부터 역사와 지리, 초목과 충어(蟲魚)의 생태에 이르기까지 그의 지적 편력은 실로 방대하고 다양하다. 책으로 천리를 통했고, 고증과 박학의 대가로 인정받았다.

홍대용(洪大容), 박지원(朴趾源), 성대중(成大中) 등과 사귀고 박제가(朴齊家), 유득공(柳得恭), 이서구(李書九) 등과 함께 『건연집(巾衍集)』이라는 시집을 출간하였다. 이 시집이 청나라에까지 전해져서 이른바 사가시인(四家詩人)의 한 사람으로 이름을 날리게 되었다.

그는 *경사(經史)에서 *기문이서(奇文異書)에 이르기까지 통달하여 *박학다재(博學多才)하고 문장이 뛰어났으나 서자였기 때문에 관직에 높이 오르지 못하였다.

정조 2년(1778년)에는 중국에 여행할 기회를 얻어 청나라의 문사들과 교류하고 돌아왔으며, 1779년에 정조(正祖)가 규장각(奎章閣)을 설치하여, 여기에 서얼 출신의 우수한 학자들을 *검서관(檢書官)으로 등용할 때 박제가, 유득공, 서이수(徐理修) 등과 함께 수위(首位)로 뽑혔다.

또한 정조의 총애를 받으며 규장각에서 『국조보감(國朝寶鑑)』, 『대전통편(大典通編)』, 『무예도보(武藝圖譜)』, 『규장전운(奎章全韻)』, 『송사전(宋史筌)』 등 여러 서적을 편찬하고 교감하는 데에 참여하였고, 또한 많은 시편(詩篇)도 남겼다.

　　형암은 문자학(文字學)인 소학(小學), 박물학(博物學)인 명물(名物)에 정통하고, 전장(典章), 풍토(風土), 금석(金石), 서화(書畫)에 두루 통달하여, 박학(博學)적 학풍으로 유명하였다. 그는 명(明)나라와 청(淸)나라의 학문을 깊이 이해하고, 후배들의 청조 고증학 연구의 토대를 마련하였다고 할 수 있다. 그의 사상은 정약용(丁若鏞), 김정희(金正喜), 김정호(金正浩) 등에게 영향을 주었다. 형암은 그림을 잘 그렸고, 글씨에도 능하였으며, 경전과 각종 서적에 통달하고 문장에 뛰어난 독서가이다. 책에 미친 바보이다.

　　저서에는 『앙엽기』, 『관독일기』, 『이목구심서』, 『편서잡고』, 『청비록』, 『기년아람』, 『한죽당섭필』, 『천애지기서』, 『열상방언』, 『예기고』, 『영처잡고』, 『영처문고』, 『영처시고』, 『뇌뢰낙락서』, 『사소절』, 『무예통지』, 『입연기』, 『협주기』 등이 있다.

　　형암은 독서를 하면서 유익한 네 가지를 깨달았다고 한다.

　　첫째, 굶주린 때에 책을 읽으면 소리가 배에 낭랑하여 그 이치(理致)와 *지취(旨趣)를 잘 맛보게 되어서 배고픔을 느끼지 못하게 된다.

　　둘째, 차츰 날씨가 추워질 때 읽게 되면 기운이 소리를 따라 유전하여 체내가 편안하여 추위를 잊을 수가 있게 된다.

　　셋째, 근심, 걱정으로 마음이 괴로울 땐, 눈은 글자에, 마음은 이치에 집중시켜 읽으면 천만 가지 생각이 일시에 사라지게 된다.

　　넷째, 감기를 앓을 때에 책을 읽으면 기운이 통하여 부딪

힘이 없게 되어 기침소리가 갑자기 그쳐 버리게 된다는 것이다.

이런 유익한 점이 있는 독서를 사람들이 게을리한다고 하면서 독서할 것을 거듭 권고하였다.

형암의 독서 목적은
(1) 여가 선용이다.
(2) 즐기기 위하여 읽는다.
(3) 인간이 되는 길이기 때문이다.
(4) 그리하여 다른 목적을 갖지 않는 순수한 책 읽기를 하였다.

형암은 기본적으로 책을 많이 읽어야 한다고 생각하였다. 수만 권의 책을 읽고, 수백 권의 책을 베꼈다. 그는 책을 읽을 때, '외우는 것보다는 뜻을 이해할 것'을 주장하였고, '글의 요지를 잘 파악해야 한다.'는 것을 강조하였다. 그러므로 형암의 독서는 *박이정(博而情) 독서법이라고 할 수 있다.

형암의 독서 방법은
(1) 다독주의의 입장이다.
(2) 책을 읽을 때, 외우는 것보다는 뜻을 이해하는 것이 좋다.

(3) 스스로 책을 읽는다.

(4) 책 빌리고 빌려주는 예의에 관한 기록이 있다.

(5) 사군자(士君子)라면 반드시 책을 읽어야 하는 법이다.

(6) 자잘한 것을 소재로 하여 짧은 글을 많이 썼다.

(7) 글에는 독서일기, 고증, 잠언, 생활 묘사, 자연의 풍광, 동식물의 생태 등 다양한 내용이 담겨있다.

(8) 문집에는 시, 기(記), 서(序), 서간과 같은 전통 한문학을 제외하면 아포리즘 형식의 짧은 글쓰기가 절반 이상이다.

형암의 독서는 학문과 교육을 통해 실학을 이루려고 했던 그의 학문적 자세의 소산이라 할 수 있다. 또한 조선시대 유학자들의 도학주의 형태의 독서관에서 다산 정약용에 이르러 확고해진 문제해결 형태의 독서관으로 이행하고 있던 당시의 독서관을 대표적으로 보여 주고 있다.

---

* 박람강기: 여러 가지의 책을 널리 많이 읽고 기억을 잘함.
* 경사(經史): 경사는 경서와 사서를 말한다. 경서: 옛 성현들이 유교의 사상과 교리를 써 놓은 책. 역경, 서경, 시경, 예기, 춘추, 대학, 논어, 맹자, 중용 따위를 통틀어 이른다. 사서: 역사서.
* 기문이서(奇文異書): 기묘하고 이상한 글과 책.
* 박학다재(博學多才): 학식이 넓고 재주가 많음.
* 검서관(檢書官): 규장각의 문서정리와 자료조사 같은 단순한 작업을 하는 사람이다. 책을 교정하는 일을 하였다.
* 지취(旨趣): 어떤 일에 대한 깊은 맛. 또는 그 일에 깃들여 있는 깊은 뜻.
* 박이정(博而精): 여러 방면(方面)으로 널리 알 뿐 아니라 깊게도 앎. 즉 '나무도 보고 숲도 본다.'는 뜻이다.

2. 초서법 정약용

　정약용(丁若鏞)은 조선 후기의 실학자이며 문신이다. 자는 미용(美庸)이며, 호는 다산(茶山) 외에도 여유당(與猶堂), 사암(俟菴), 자하도인(紫霞道人), 탁옹(籜翁), 태수(苔叟), 철마산인(鐵馬山人) 등이다. 시호는 문도(文度)이다.

　다산의 일생은 대체로 3기로 나눌 수 있다. 제1기는 벼슬살이하던 득의의 시절이요, 제2기는 귀양살이하던 환난시절이요, 제3기는 향리로 돌아와 유유자적(悠悠自適)하던 시절이다.

　다산은 정조가 승하한 후 천주교 박해를 위한 신유사옥(辛酉邪獄)으로 전라도 강진에 유배되어 1818년 귀양살이에서 풀려날 때까지 오직 독서와 집필에 몰두하여 경서에 대한 새로운 해석을 한 주석서, 정치와 경제에 대한 개혁을 구상한『목민심서』,『흠흠신서』,『경세유표』를 비롯한 500여 권이나 되는 불후의 저술을 남겼다.

　다산은 네 살 때 천자문을 배운 이래 열 살에 벌써 경서, 사서 등 고문을 열심히 공부했던 선비로서 유배지에서조차 다산초당의 동쪽과 서쪽에 따로 공부할 집을 짓고 수천 권의 책을 쌓아 두고 독서를 하고 책을 쓰며 지냈다고 한다.

　다산은 강진에 귀양 가 있던 때 두 아들에게 다음과 같은 내용으로 편지를 보냈다.

공부할 때에는 먼저 경전에 대한 공부를 하여 밑바탕을 확고하게 한 후에 옛날의 역사책을 섭렵하여 정치의 득실과 잘 다스려지고 못 다스려지는 이유의 근원을 알아야 하며, 또 반드시 실용의 학문에 뜻을 두어서 옛사람들이 나라를 다스리고 세상을 구했던 글들을 즐겨 읽어야 한다. 이런 마음을 늘 갖고 있으면서 만민을 윤택하게 하고 만물을 번성하게 자라게 해야겠다는 뜻을 가진 뒤에라야 비로소 올바른 독서 군자가 될 것이다.

이 편지 내용을 통하여 다산의 독서 목적은 현재의 학문적인 지식을 습득하거나 입신출세하는 데 두고 있는 것이 아니라, 자기의 삶에 대한 문제와 역사 현실의 문제를 해결하는 데 두고 있음을 알 수 있다.

다산이 읽으라고 권한 책들은 대체로 두 계열로 분류할 수 있다. 한 계열은 자기 몸을 갈고 다듬는 데 필요한 책들이고 다른 한 계열은 세상을 바로잡고 백성을 편안하게 하는데 필요한 책들이다. 먼저 자기의 몸을 닦는 수기(修己)를 위한 책들로는『대학』,『논어』,『맹자』,『중용』의 사서(四書)와『시경』,『서경』,『주역』,『예기』,『춘추』,『악기』의 육경(六經)을 들고 있다.

다산은 사람이 천하와 국가를 위해서 일하기 전에 먼저 자기 자신을 수양하는 것이 필요하다고 주장하고, 그러기 위해서는 먼저 수기지학(修己之學)의 요체인 유가경전을 연마해서 밑바탕을 튼튼히 해둬야 한다고 생각하였다. 또한 세상을 바로잡고 백성을 편안히 하는 데 필요한 책들은 우리 민족이 딛고 서 있는 현실을 이해하기 위한 역사책과 우리나라의 옛 문헌과 문집과 같이 경세치용에 도움이 되는 책을 추천하고 있다.

먼저 역사책으로는 『삼국사기』, 『고려사』, 『여지승람』, 『국조보감』, 『징비록』, 『연려실기술』 등이며, 옛 문헌과 문집 가운데 세상을 경륜하는 데 도움을 줄 수 있는 책으로는 『퇴계집』, 『율곡집』, 『서애집』, 『백사집』, 『이충무공전서』, 『반계수록』, 『성호사설』, 『해동명신록』, 『조야수언』, 『일찬』, 『문헌통고』 등을 들고 있다.

다산은 "훌륭한 독서를 위해서는 책을 읽기 전에 먼저 자기의 문제의식 내지 주견을 확실히 정해야 한다."고 했다. 그렇지 않으면 그야말로 보아도 보이지 않고, 아무리 책을 많이 읽어도 소용이 없다는 것이다. 그러면 이렇게 자기의 근기를 세운 뒤에는 책을 어떻게 읽어야 하는가?

다산은 이 문제에 대한 자기의 생각을 다음과 같이 피력하고 있다.

내가 몇 년 전부터 독서에 대하여 대충 생각해 보았는데 마구잡이로 그냥 읽어 내리기만 하는 것은 하루에 천백 편을 읽어도 오히려 읽지 않는 것과 다를 바가 없다. 무릇 독서라는 것은 도중에 명의를 모르는 글자를 만날 때마다 넓게 고찰하고 세밀하게 연구하여 그 근본 뿌리를 파헤쳐 글 전체를 설명할 수 있어야 한다. 날마다 이런 식으로 한 종류의 책을 읽는다면 곁들여 수백 가지의 책을 뒤적이게 된다. 이렇게 읽어야 읽는 책의 의리를 효연하게 꿰뚫어 알 수 있게 되는 것이니, 이 점 깊이 명심해야 한다.

책을 마구잡이로 그냥 읽어 가는 것은 아무리 많이 읽어도 소용이 없고 오히려 읽지 않는 것과 다를 게 없다는 것이다. 책을 읽어 가다가 중요한 개념이나 모르는 내용이 있으면 여러 가지 서적들을 참고해서 세밀하게 연구함으로써 그 책의 근본 뿌리를 캐내어야 한다는 것이다.

다산은 독서의 방법으로 책을 닥치는 대로 많이 읽는 남독보다는 책을 깊이 읽고 세밀하게 읽는 정독을 택했다. 다산은 거기에 머물지 않고 정독의 구체적 방법론까지 제시하였다. 그것이 바로 초서지법(鈔書之法)이다. 초서(鈔書)란 '큰 책에서 중요한 내용을 뽑아 체계적으로 정리하는 것'을 말한다.

다산은 책을 읽을 때 초서하기에 힘써서 게으름이 없도록 해야 한다고 강조하고, 초서를 할 때에는 우선 자기 자신의 학문에 대한 입장이 뚜렷해야 하며 그래야 판단기준이 마음에 세워져 취사선택하는 일이 용이하다고 하였다. 자기의 주체적인 입장에서 필요한 곳을 발췌하고 그것을 정리해 두어야 나중에 글을 쓸 때 도움이 된다는 것이다. 책을 읽을 때 그 요점을 자기 나름대로 정리하고, 그것을 내용에 따라 분류해 두는 것은 학문을 하는 사람들이 해야 할 기본적인 작업인데, 다산은 특히 이런 기본적인 작업을 부지런히 해둘 것을 강조하였다.

정약용은 여러 차례의 편지에서 다음과 같이 독서와 공부에 대하여 강조하였다.

〈독서에 대하여〉

(1) 확고한 뜻을 세우고 독서하라.

(2) 독서할 때에는 내용을 분명히 파악해야 한다.

(3) 중요한 내용은 기록해 두어라.

(4) 독서는 집안을 일으키는 떳떳한 길이다.

〈공부에 대하여〉

(1) 공부에는 때가 있는 것이다.

(2) 공부는 근본이 확실해야 한다.

(3) 공부는 계획을 세워 실천해야 한다.

(4) 정성을 다하여 공부에 힘쓰라.

(5) 정성을 다하는 마음이 공부의 근본이다.

　다산은 독서방법으로 큰 책에서 중요한 내용을 뽑아 체계적으로 정리하는 방법인 초서지법을 주장하였고, "뜻을 세우고 독서하고, 내용을 분명히 파악해야 한다. 독서는 집안을 일으키는 길이다. 중요한 내용은 기록해 두어라." 하고 강조하였다.

3. 억만재 김득신

김득신은 선조 37년부터 숙종 10년(1604~1684년)인 조선 중기의 시인이다. 본관은 안동(安東)이요, 자는 자공(子公)이고, 호는 백곡(栢谷)이다.

백곡은 어릴 때 천연두를 앓아 조금 둔한 편이었으나, 아버지의 가르침을 받아 서서히 이름을 떨친 인물이다. 당시 한문 사대가인 이식(李植)으로부터 "시문이 우수하다."라는 평을 들어 이름이 세상에 알려지게 되었다.

백곡은 옛 선현과 문인들이 남겨 놓은 글들을 많이 읽었다. 특히 『백이전(伯夷傳)』을 1억 번이나 읽었다고 하여 자기의 서재를 '억만재(億萬齋)'라 불렀다.

백곡의 저술은 병자호란 때 많이 불타 없어졌으나, 문집인 『백곡집』에는 많은 글들이 전해지고 있다. 그중 시가 반 이상을 차지하고 있는 것으로 보아, 백곡은 문보다는 시에 능했음을 알 수 있다.

특히, 오언·칠언절구를 잘 지었다. 용호(龍湖), 구정(龜亭), 전가(田家) 등은 어촌이나 산촌과 농가의 정경을 그림같이 묘사하고 있는 작품들이다. 시를 잘 지었을 뿐만 아니라 시를 보는 안목도 높아, 『종남총지(終南叢志)』 같은 시화도 남겼다. 또한 백곡은 술과 부채를 의인화한 가전소설 「환백장군전(歡伯將軍傳)」과 「청풍선생전(淸風先生傳)」을 남기기도 했다.

백곡의 아버지는 신기한 태몽을 꾸었는데, 꿈의 기대에 비해 둔하고 어눌했다. 열 살에야 겨우 글을 배우기 시작했는데, 첫 단락 26자를 3일을 배우고도 읽지를 못했다고 한다. 그래서 사람들은 "저런 바보가 있느냐."며 수군대기도 하였다. 그러나 백곡의 아버지는 "이 아이는 자라서 반드시 문장을 떨칠 것이다. 저리 둔하고 미욱하면서도 공부를 포기하지 않으니 그것이 오히려 대견스럽다."고 하였다고 한다.

백곡은 피나는 노력으로 59세의 늦은 나이에 문과에 급제했다. 그는 딸을 먼저 여의었는데, 장례 행렬을 따라가면서도 손에 놓지 않고 보았던 글이 『백이전』이었다. 또 부인의 상중에 일가친척들이 '애고, 애고' 곡을 하는데, 곡소리에 맞춰 『백이전』의 구절을 읽었다. 백곡은 독서 방법이 특이하였다. 백곡은 둔하고 느렸지만 꾸준히 읽고 공부한 끝에 말년에 '당대 최고의 시인'으로 불렸다.

세상에는 똑똑한 사람이 많지만, 천재와 수재, 영재라고 하는 이들은 한때 똑똑하고 재능이 있다는 이름만 얻었을 뿐, 후에는 전하는 바도, 배울 바도 없는 경우가 허다하다. 우리는 백곡의 끊임없이 노력하는 자세를 본받아 사숙하면 좋겠다.

백곡 김득신의 묘지에는 "재주가 다른 이에게 미치지 못하다고 스스로 한계 짓지 말라. 나처럼 어리석고 둔한 사람도 없었을 것이지만 나는 결국에는 이루었다. 모든 것은 힘

쓰고 노력하는 데 달려 있다."고 쓰여 있다.

둔재로 태어났으나 끝없는 노력으로 당대의 시인이자 문장가로 인정받은 독서왕 김득신은 묘지명을 미리 지어 독서 의지를 더욱 다졌다. 쉬고 싶고, 놀고 싶은 마음, 약해지려는 마음을 다독였다.

그의 독서량은 상상을 초월한다. 사기의 『백이전』을 무려 1억 1만 3천 번을 읽었고, 한유의 사설을 1만 3천 번, 「악어문」을 1만 4천 번, 「노자전」을 2만 번, 「능허대기」를 2만 5백 번씩이나 읽었다고 한다.

백곡 김득신은 옛글 36편을 읽은 횟수를 「고문삼육수독수기(古文三十六首讀數記)」에 기록했다. 「독수기」는 충북 괴산군 괴산읍에 있는 그의 옛집인 취묵당에 걸려 있다. 김득신은 1만 번에 미치지 못하면 아예 기록조차 하지 않았다.

그는 후손들에게 "너희가 「독수기」를 읽는다면 내가 독서에 게으르지 않았음을 알 것"이라고 했다. 조선에서 책을 좋아하는 선비들은 대나무 가지에 횟수를 기록하면서 독서를 했다. 읽고 또 읽고 외워서 자신의 것으로 만들었다.

조선 후기 실학자 다산 정약용은 "문자가 만들어진 이래 종횡으로 수천 년과 3만 리를 다 뒤져도 대단한 독서가는 김득신이 으뜸"이라고 평한 뒤 "곰곰이 생각하면 하루에 『백이전』을 100번 이상 읽기는 어렵다. 더욱이 이 책을 읽으면서 다른 글도 수만 번씩 읽을 수 있겠는가"라고 고개를 갸우뚱거렸다고 한다.

다음은 백곡의 독서 의지를 담은 시 한 편이다.

이십육 년간 등불 걸고
고문을 읽었네.
붓은 *과보처럼 달리고
기상은 구름 위로 솟으려 하네.

백곡의 독서방법은 첫째, 고문을 많이 읽고 외웠다. 둘째, 꾸준히 읽었다. 셋째, 때와 장소를 가리지 않고 읽었다. 넷째, 같은 책을 여러 번 반복하여 읽었다. 다섯째, 읽은 횟수를 기록하였다. 여섯째, 시문을 썼다.

백곡 김득신에게 독서는 단순한 책읽기가 아니었다. 삶의 기쁨이었고, 예술이었다.

* 과보(夸父): 걸음걸이가 빠른 신화 속의 인물

4. 백독백습 세종대왕

세종대왕은 태종의 셋째 아들로 조선 제4대 왕이다. 이름은 도(祹)이며 자는 원정(元正)이다. 시호는 장헌(莊憲)이며 능은 영릉(英陵)이다.

세종대왕은 우리 역사에서뿐 아니라, 세계 인류 역사에도 드물게 보는 위인이다. 천성이 어질고 부지런하였다. 학문을 좋아하고 취미와 재능이 여러 방면에 통하지 않음이 없었다. 서화에도 뛰어났다. 정사를 보살피면서 독서와 사색에도 쉬지 않았다. 의지가 굳어서 옳다고 생각한 일은 어떠한 반대가 있더라도 기어코 실행하였다. 널리 국민을 사랑하고, 국민의 어려운 생활에 깊은 관심을 가져, 국민을 본위로 한 왕도 정치를 베풀었다.

세종대왕시대는 가장 훌륭한 정치, 찬란한 문화를 이룩한 시대로 정치, 경제, 사회, 문화 등 전반적인 기틀을 잡은 시기였다. 집현전을 통하여 많은 인재를 길렀고, 유교 정치의 기반이 되는 의례, 제도를 정비하였다.

세종대왕은 이조 오백 년을 통틀어 가장 훌륭한 임금으로 일컬어지고 있다. 그 스스로 뛰어난 발명가이자 모범적인 독서가였다. 측우기를 발명한 것이나 이천, 장영실 같은 학자들로 하여금 해시계, 물시계, 혼천의 등을 개발하게 하는 한편 정음청을 두어 훈민정음을 창제한 것이나 집현전을 열어 독서와 학문을 장려한 사례 등은 재임 당시 '지식정보왕국'을 건설했다 해도 과언이 아니다. 이 모두가 남다른 학구열과 탐구심에 바탕을 둔 지도자로서의 사명감과 리더십이 없었다면 불가능한 업적이라 하겠다.

오늘날 우리 경영자들이 앞장서 이끌고 있는 '독서경영'의 취지 또한 조선시대 이래 계속된 사가독서(賜暇讀書)의 그것과 궤를 같이하고 있다 할 수 있다.

세종은 '글을 읽는 것은 임금에게 유익하나 글씨를 쓰고 글 짓는 것은 유의할 필요가 없다(讀書有益 如寫字製作 人君不必留意也).'고 할 정도로 독서를 중요하게 생각하였다. 세종은 글을 읽는 데 열중했다. 한 책을 반드시 백 번 읽었다 하니 이른바 백독주의(百讀主義)였다. 그러나 ＊『좌전(左傳)』이나 ＊『초사(楚詞)』같은 책에 이르러서는 백 번에 백 번을 더해 이백 독을 했다고 한다. 세종이 어려서 몸이 불편한데도 글 읽기를 멈추지 않아 병이 점점 심해지자 태종은 내시에게 세종의 거처에 있는 책을 모조리 거두어들이라고 명했다. 그때 내시는 병풍 뒤에 ＊『구소수간(歐蘇手簡)』이란 책 한 권이 남아 있는 것을 모르고 물러났다. 그래서 세종은 남은 이 책 한 권을 몰래 천백 번을 읽었다는 것이다.

세종은 어릴 때부터 책에 관심이 많았다고 한다. 어린 시절 독서방법은 백독백습(百讀百習)이었다. 즉, '100번 읽고 100번 쓴다.'는 뜻이다. 아버지 태종은 독서를 좋아하는 것을 보고 재능을 인정하여 많은 책을 선물하고 읽게 하였다. 태종이 준 책은 『사서삼경(四書三經)』을 비롯하여 역사, 정치, 법, 음악, 과학 등 다양한 책이었다.

태종은 가끔 세종에게 시험 삼아 질문을 하였는데 언제나 능숙하게 대답하여 놀라움을 금치 못하였다고 한다. 세종의 독서방법은 책 속에 있는 지식을 완전히 습득하기 위한 방법이다. 세종은 어릴 때부터 책을 가까이하고 독서를 통하여 성군의 길을 닦은 것이다.

세종은 집현전 소속의 젊은 문신들에게 휴가를 주어 집에서 독서에 몰두할 수 있도록 했는데, 이를 사가독서제(賜暇讀書制)라 한다. 즉, 인재를 육성하고 문풍을 일으킬 목적으로 양반관료 지식인 가운데 총명하고 젊은 문신들을 뽑아 여가를 주고, 국비를 주어 독서에 전념케 하는 시스템이다. 즉, 일종의 '장기독서휴가제'라 할 수 있다.

세종은 배우고 연구하는 경영자였다. 삶이 배우고 연구하는 과정에서 시작해서 배우고 연구하는 과정에서 끝나는 것이라는 인식을 그는 철저히 했다고 볼 수 있다.

세종의 학구열은 그에게 부여된 국가경영에 대한 인식과 더불어 독보적인 경영철학으로 자연스럽게 연결되었다. 그러한 연구와 학습을 통해 세종이 추진한 각종 사업들은 최적의 상태를 유지할 수 있었다.

배움에 임해 그는 "무엇보다도 독서하는 것이 제일 유익하다."고 생각했다. 이러한 그의 배움의 자세는 자신은 물론 신하들이 지켜야 할 원칙으로 자리 잡았다. 그는 신하들에게 어떤 일을 시키거나, 어떤 기분이 들게 하려면, 스스로 그러해야 한다는 것을 잘 알고 있었다. 지속적으로 공부하고 연구하며, 현장을 점검한 이유도 바로 이 때문이다.

"항상 배우라. 항시 손을 놓고 있지 말라." 세종대왕이 궁중에 있으면서 "손을 거두고 한가히 있을 때가 없었다."는 말은 바로 세종대왕 스스로 끊임없는 노력을 통해 그 자신이 경영의 고수(高手)가 되고자 했다는 것을 의미한다. CEO로서 자기 임무를 알고 한 치의 '해이함'도 없이 부단하게 노력했다. 그는 정말로 부지런했고, 매사에 열심이었다. 오죽했으면 『실록』도 이렇게 전할 정도이겠는가!

"임금으로 즉위해서는, 이른 새벽에 옷을 입고 날이 밝으면 조회를 받고, 다음에 정사를 살피고, 그다음에 윤대하고, 그 다음에 경연에 나갔는데, 일찍부터 조금도 해이감이 없었다."

"부지런하라. 그것이 시간 관리에 성공하는 길이다." 세종이 이렇게 하루 일과를 시작하는 시간이라면, 아마 새벽 5시경부터일 것이다. 더구나 한밤중까지 책을 보며 정사에 몰두했으니, 그의 노력이 어느 정도였는지는 가히 짐작하고도 남는다.

세종대왕은 지나친 독서로 눈병이 난 와중에도 독서를 끊지 못했다.

조선시대에 문화의 꽃을 피운 임금 중의 한 분이신 세종대왕은 일생 독서문화에 다음과 같은 많은 업적을 남겼다.

첫째 어릴 때부터 책을 사랑하고 백독백습이라는 독서방

법을 활용하였다.

둘째, 집현전을 설립하여 학문과 정치적 자문에 응하게 하였다.

셋째, 집현전 소속의 젊은 문신들에게 휴가를 주어 집에서 독서에 몰두할 수 있도록 사가독서제를 실행하였다.

넷째, 책을 사랑하고 독서를 주요하게 여겨 민족문화의 최대 걸작품인 한글을 창제하였다.

다섯째, '인쇄활자'를 개발하여 많은 서적을 편찬하고 배포하였다.

세종대왕은 '국가가 부강해지기 위해서는 많은 백성들이 책을 읽어야 한다.' 그리고 '정치를 잘 하려면 널리 책을 읽어 이치를 깨닫고 마음을 바로잡아야 한다.'고 생각하였다. 세종의 독서방법은 백독백습이다. 100번 읽고 100번 쓰는 것이다.

* 좌전(左傳): 중국 공자의『춘추(春秋)』를 노(魯)나라 좌구명(左丘明)이 해석한 책.
* 초사(楚辭): 중국 초(楚)나라의 굴원(屈原)과 그 말류(末流)의 사(辭)를 모은 책.
* 구소수간(歐蘇手簡): 중국 송나라 때 유명한 문장가인 '구양수'와 '소식'이라는 사람이 주고받은 편지글의 모음 책.

5. 산사독서 성종

성종은 재임 시에 존경각 건립, 서적 편찬, 사가독서제 등을 부활하여 독서에 힘썼고, 즉위한 그해부터 하루에 3번씩 경영관에게 경서를 강의하게 할 정도로 독서와 교육에 힘썼다.

성종은 성리학에 많은 관심을 가져, 인재 양성을 위해 성균관에 존경각을 세우고 많은 서적을 소장하게 하였으며, 학생들이 학문에 힘쓸 수 있도록 하였다. 세종 때 설립된 사부학당(四部學堂)은 어린이들이 글을 읽을 수 있는 사학(四學)과 종친들이 다니는 학교인 종학(宗學)을 활성화하였다. 그러나 성종의 의도대로 유교의 교육이 잘 이루어지지는 않았다.

성종은 관리를 대상으로 독서를 장려하기 위하여 독서 과목과 규칙을 정하고 결과에 따라 상을 주고, 독서모임에는 특별한 혜택을 주어 독서인의 권위를 높이기도 하였다. 다음은 성종 7년 6월에 발간된 『성종실록』 68권에 기록된 독서를 장려할 목적으로 만든 규칙이다.

- 읽은 경서와 역사책을 계절마다 마지막 달에 모두 써서 보고한다.
- 매월 세 번 글짓기를 하는데, 예문관 관원들이 월별 시험을 칠 때와 같이 글을 지어 등수를 정하여 장려상을 주는 것도 예문관 규례에 따라 시행한다.
- 설, 동지, 큰 경사가 있는 날, 큰 축하 행사가 있는 날을 제외하고, 일반적으로 전원이 모이는 데는 참석하지 않는다.

성종 때에는 사가독서로 재가독서, 공가독서, 산사독서가 실시되었으며, 특히 산사독서가 많이 이루어졌고, 후에는 독서당 건립도 추진하여 남호독서당을 낙성하였지만 승하로 활성화되지는 못하였다.

성종은 각도의 관찰사에게 부탁하기를 "어른이나 아이나 할 것 없이 모두 소학(小學)을 배우게 하며, 젊은이는 글을 외우고 어른은 그 뜻을 밝게 깨닫게 하여 완전히 제 것으로 만든 다음에 사서(四書)를 공부하게 하는 것을 일상적인 규례로 삼으라."고 하였다.

또한 성종은 백성들에게 『소학』과 『삼강행실』을 읽도록 하였고, 강론과 암송을 시험하기도 하였으며, 관리 아닌 사람들에게 스승의 일을 담당할 만한 사람을 교수와 훈도로 임명하여 지방 고을에까지 교육정책에 힘썼다.

성종은 독서를 통하여 모든 사람들에게 인간의 도리를 바로 알게 하였다. 그리고 성리학에 뜻을 두고 교육의 중요성을 강조하고, 인재 양성에 심혈을 기울였다. 이러한 이념으로 홍문관을 설립하고 세종 때부터 실시되어 온 사가독서제도를 다시 부활하여 많은 인재를 선발하여 독서하도록 하였다. 독서의 장소로는 "친구의 왕래와 집으로 돌아가기가 잦아 독서에 전념할 수 없다."는 서거정의 건의를 받아들여 공가독서를 탈피하여 산사로 하였다.

당시 사가독서자로 선발된 사람들은 당대의 유명한 학자들이었으며, 다른 학자들의 부러움을 살 정도로 대우를 받기도 하였다. 사가독서자들은 인왕산 북쪽과 삼각산 서쪽 사이로 추정되는 사찰인 장의사에서 휴가를 즐기며 독서의 특혜를 누렸던 것이다. 성종은 사가독서자들에게 극진한 대우를 하였다. 사가독서를 받은 자에게는 국가에서 모든 식량을 공급하였고, 수시로 독서를 권장할 목적으로 어주를 하사하기도 하였다.

이와 같이 성종은 사가독서자에게 식량과 술 및 물품 등을 하사하여 독서를 장려하였다. 한편 성종은 예정에 없이 사온서(司醞署)에서 빚은 술을 내리고, 즉시 시제를 주어 평가하기도 하고, 독서의 결과를 점검하기도 하였다.

중종 당시 독서당이 형식적으로 운영되자 당시 대사헌 심언관이 성종 때의 독서당을『중종실록』권74에 나와 있는 바와 같이 아래와 같은 취지로 평하기도 하였다.

성종 때에서는 사가독서자에게 때때로 사람을 보내어 시를 짓게 하고, 책을 많이 읽게 하였으며, 많이 읽은 자에게는 별도로 후하게 포상하였고, 독서에 마음을 쓰지 않은 자에게는 체벌을 가하였기 때문에 사람들이 스스로 힘을 다해서 공부하지 않은 자가 없었다.

사가독서제는 세종 때에 시작되어 성종 때에 본격화되었다. 성종 때에 재가독서, 공가독서, 산사독서를 실시하였으나 주로 산사인 장의사와 용산사에서 이루어졌다. 성종의 독서교육은 사가독서제와 지방 고을에까지 교수와 훈도를 임명하여 교육정책에 힘썼다.

성종은 독서를 장려하기 위하여 독서 관련 과목을 선정하고 독서 규칙을 정하여 상을 주고, 독서모임에는 특별한 혜택을 주어 독서인의 권위를 높이기도 하였다.

성종은 독서열이 높고, 독서를 통해 인재를 양성하기 위하여 성균관에 존경각을 건립하기도 하고, 사학과 종학을 활성화하여 학문에 몰두하게 하였다.

6. 행복한 가정, 책 읽는 소리

행복한 가정 만들기 30가지가 있다. 몇 가지를 보면 칭찬하기, 패밀리 스포츠, 긍정적인 말, 스킨십, 식탁을 같이, 유머, 가훈, 용서, 여행, 멘토, 요리, 생일, 편지, 축복, 서로 인정, 자원봉사, 선행통장, 대화를 위한 TV 끄기, 거실에 책장을 설치하자 등이다.

30가지 중에서 27번째가 바로 "거실에 책장을 설치하자."는 것이다. 30가지에 독서가 들어 있다는 것이 고무적이다. 거실에 책이 있으면 읽게 되고, 읽으면 대화하게 되고 행복해진다.

행복한 가정이 되려면 고민을 들어주고, 믿어 주기, 대화 많이 하기, 타인과 비교하지 않기, 취미생활에 관심 기울이기, 잘못해도 위로해 주기, 함께하는 시간을 늘리기, 가족끼리 할 일을 계획하여 실천하기, 재미있는 얘기해 주기, 칭찬해 주고 못하면 타일러 주기 등을 말하기도 한다.

다시 생각해 보면 행복한 가정은 대화, 칭찬, 같이 식사, 여행, 생일 챙기기, 스킨십이 중요한 것 같다.

그런데 옛날부터 행복한 가정에는 3다(多)가 있다. 행복한 가정은 3가지 소리가 들리는 가정이다. 첫째, 웃음소리이다. 둘째, 아기 울음소리이다. 셋째, 책 읽는 소리이다. 웃음은 화목한 가정이요, 아기 울음소리는 자손이 있다는 것이요, 책 읽는 소리는 학식이 있는 가정이라는 뜻이 아닐까?

다산 정약용도 듣기 좋은 소리는 글 읽는 소리라고 말한 바 있다. 다산은 유배지에서 아들들에게 보낸 편지에 "책을 읽고 책을 저술하라.""이제 가문이 망했으니 네가 참으로 독서할 때를 만났구나."라고 말하기도 하였다.

주자(朱子)도 '거가사본(居家四本: 가정생활의 네 가지 근본)'을 설명하면서 제가(齊家), 치가(治家), 기가(起家), 보가(保家)의 근본 뜻이 무엇인가를 설명하였다. 즉, 화순(和順)은 제가, 근검(勤儉)은 치가, 독서(讀書)는 기가, 순리(循理)는 보가의 근본이라 하고는, 집안을 일으키는 기가의 근본은 책을 읽는 독서에 있다고 주장하였다.

이런 이야기가 있지 않은가? 조선조의 대가인 정인지의 글 읽는 소리에 반하여 상사병에 걸렸다는 이야기와 기묘사화 때 조광조를 살려 준 것도 조광조의 독서소리에 반하여 담 넘어 온 처녀를 종아리로 때려 돌려보냈는데 그를 구해 준 이가 바로 그 처녀였다는 이야기이다.

옛날에는 책을 눈으로 읽는 것이 아니라 소리 내어 읽었다. 서당에서 가락에 맞추어 낭랑한 목소리로 "하늘 천, 땅 지, 검을 현, 누를 황, 집 우" 하고 책을 읽었다.

어린아이들은 사랑채에서 들려오는 글 읽는 소리를 듣고 자랐다.

행복한 가정은 책 읽는 소리가 나는 가정이다.

책을 읽자. 부모님부터 책을 읽자. 연속극에 매달려 있는, TV 앞에 있는 어른들부터 책을 읽자.

책을 읽으면 꿈★이 이루어진다

곡천 이만수

책 속에는 지식이 있다.
책 속에는 꿈이 있다.

좋은 책에는 유익한 지식이 있다.
좋은 책에는 아름다운 꿈이 있다.

책을 읽으면 유익한 지식을 얻을 수 있다.
책을 읽으면 아름다운 꿈을 꿀 수 있다.

유익한 지식. 아름다운 꿈
책 속에 있다.

책을 읽으면 기쁘고 행복하다.
책을 읽으면 꿈★이 이루어진다.

Part 2

독서란
무엇인가?

독서란 무엇인가?

•

　　독서란 단순히 책을 읽는 것이 아니라 책 속의 글을 읽고 그 글 속에 담겨 있는 내용을 이해하고 파악하는 것이다. 우리는 독서라는 행위를 통하여 책 속의 정보를 취득하게 되는 것이다. 책은 우리 인간의 삶을 풍성하게 해 주는 지식의 창고이다. 책이란 인류 문명의 발자취이며 인간의 값진 모든 것을 한데 집약시켜 놓은 보물창고이다. 책은 인간의 발명품 가운데 가장 위대한 것이다. 인류 역사에서 책이라는 것이 없었더라면 아마도 과거를 모르는 암흑시대의 연속이었을 것이다. 컴퓨터와 영상매체가 발달하면서 이제 활자매체의 시대는 종말을 고했다고 말하는 이들도 있다. 그러나 활자로 인쇄되어 나오는 책의 효용 가치는 결코 줄어들지 않고 있다. 책이 아니면 인류 문명의 발자취를 후대에 전할 수가 없는 것이다. 오늘날 인류 문명이 이루어진 것은 모두 책을 통해서였다고 해도 과언이 아니다. 그만큼 책의 효용성은 다른 무엇과 비길 만한 것이 없다.

책은 한 시대의 한 단면을 보여 주는 문화이다. 책은 '천의 얼굴'을 가진 '희망의 마법사'이자 '성공 제조기'이다. 21세기가 스마트폰, 인터넷, 컴퓨터 게임, TV 등 온통 디지털과 인터넷 세상으로 변해도 종이 책은 결코 사라지지 않을 것이다. 종이 책은 우리와 가까이 오래도록 있어 왔기 때문이다.

책 읽기를 위해 일정한 시간을 투자하는 것은 매우 중요하다. 무엇보다도 독서는 누구나 누릴 수 있는 고상한 기쁨이다. 옛 어른들은 낮에는 밭 갈고 저녁에는 책을 읽었으며, 불빛이 없으면 반딧불 밑에서라도 독서하였다. 항상 책을 읽고 좋은 생각을 하여야만 좋은 일을 할 수 있다고 믿었던 것이다. 읽으면 기쁘고 행복하다.

1. 독서란 무엇인가?

독서의 개념은 학자의 시각과 입장에 따라 다르다. "문자나 문장을 읽는 것"이라는 개념에서 "저자의 사상과 감정의 의미를 해득하는 것"이라는 개념에 이르기까지 다양하다. 일반적으로 학자들은 기호 해독, 의미, 커뮤니케이션 형태 등 3가지 측면의 견해로 제시하고 있다.

첫째, 기호 해독(code cracking)의 측면에서 살펴보면 엘코닌(D. B. Elkonin)은 "말의 소리 형태를 문자 기호 형식에 따라 개조해 놓은 것"이라고 정의하였다. 그리고 프리에스(C. C. Fries)는 "청각적 기호로부터 시각적 기호로의 전이(transfer)로 이루어지는 것"이라 하고, 베네츠키(R. L. Venezky)는 "서사(書寫) 기호를 독자가 의미를 끌어낼 수 있는 언어 형태로 바꾸어 놓은 것"이라고 정의하였다.

둘째, 의미(meaning)의 측면에서 살펴보면 카터(H. L. J. Carter)와 맥기니스(D. J. McGinnis)는 "인쇄화된 기호를 해석하는 과정"이라 정의하고, 틴커(M. A. Tinker)와 맥컬로(C. M. McCullough)는 "독자가 이미 소유하고 있는 개념들의 조작을 통한 의미의 구축"이라 하였다. 그리고 깁슨(E. J. Gibson)과 레빈(H. Levin)은 "텍스트에서 의미를 얻는 것"이라 정의하였다.

셋째, 커뮤니케이션 형태 측면에서 살펴보면 아우스트(H. Aust)는 "작가와 독자 간의 상호 관계에 따른 커뮤니케이선 형태"라고 정의하였다.

여러 학자들의 견해를 종합하여 보면 독서란 "문자로 나타낸 저자의 사상과 감정의 표상(表象)을 읽을 자료, 독자의 지식, 독서력의 상호작용에 의하여 독자의 마음속에 깊이 재구성하는 과정"이다.

독서한다는 것은 의미를 지니고 있는 문장이나 글을 이해하면서 읽어 가는 것이다. 율곡(栗谷) 선생은 "배우는 자는 이 마음을 항상 보존하여 사건과 물건만을 따르지 말고 궁리하여 옳고 그른 것을 밝힌 다음에 마땅히 행할 길을 깨달은바 그대로 나아가야 할 것이다. 사람의 살아가는 도(道)는 궁리(窮理)보다 앞서는 것이 없고 궁리는 책을 읽는 것보다 앞서는 것이 없다."라고 하며 독서의 중요성을 제시하였다.

또한 주자(朱子)는 『권학편(勸學編)』에서 "인간이 학문을 하는 것은 궁리하는 데 있고, 궁리하는 길은 독서에 있으므로 독서와 배운다는 것은 제2의 경험(간접경험)이다."라고 하였다.

독서란 단순히 "책을 읽는 것"이 아니라, "글을 읽고 그 글 속에 담겨 있는 내용을 이해하고 파악하는 것"이다.

우리의 생활은 많은 지식이 요구된다. 오늘날 개인이나 국가의 경쟁력은 정보력에 있다 하여도 과언이 아니다. 그러므로 필요한 정보를 어디에서, 어느 정도를, 얼마나 신속하게 입수할 수 있느냐가 성패의 관건이 되는 것이다. 우리들은 일상생활에서 부딪치는 문제들을 해결하기 위하여 독서라는 수단을 활용한다. 독서의 목적 중의 하나가 바로 부딪치는 생활 과제를 해결하는 데 있는 것이다.

독서의 목적은 읽는 이에 따라 (1) 지식을 얻기 위한 학습 도서(기능 독서), (2) 마음의 양식을 얻고 정서적인 욕구를 충족시켜 주는 교양 독서(사색 독서), (3) 여가 선용이나 즐기기 위한 독서(오락 독서), (4) 생활 정보를 얻기 위한 독서(생활 정보 독서) 등으로 나눌 수 있다.

또한 아래와 같이 크게 세 가지로 나누기도 한다.

첫째, 정서적 목적이다. 상상력을 키울 수 있는 것, 글짓기 능력을 신장시킬 수 있는 것, 인간과 자연과 사회를 이해할 수 있는 것 등이다.

둘째, 실용적 목적이다. 새로운 지식과 정보 습득을 위한 목적을 말한다. 교과 학습의 발달과 심화, 논리 추리력을 키울 수 있는 것, 과학적 사고를 신장시킬 수 있는 것, 역사 이해를 위한 것, 국제 이해를 도와주는 것 등이다.

셋째, 도구적 목적이다. 교양과 인격 형성을 위한 목적을 말한다. 성장 발달 수준에 알맞은 것, 교양 · 인성 · 심성 등을 신장시킬 수 있는 것, 도덕성을 신장시킬 수 있는 것, 대인 관계를 신장시킬 수 있는 것, 사회생활을 도와주는 것, 환경 이해를 돕는 것 등이다.

우리는 책을 통해서 지식과 학문을 닦는다. 우리는 책을 읽으므로 새로운 사실을 새롭게 깨닫게 된다. 독서를 통해서 지식과 학문을 배우게 되고 발견하게 된다. 책은 새로운 것들을 가르쳐 주는 정다운 벗도 되고 스승도 되는 것이다.

독서하면 교양을 얻고 수양을 쌓을 수 있다. 우리의 마음을 닦고 무게 있고 깊이 있는 사람으로 가꾸어 나가는 일이 곧 책을 읽는 목적이 된다. 책을 읽으면 나도 모르게 교양도 얻고 수양도 쌓게 되는 것이다.

독서하면 생활이 즐겁고 보람 있게 된다. 우리의 생활을 더욱 즐겁고 보람 있게 보내는 일이 여가 선용이다. 독서는 정말 중요한 여가 선용의 길인 것이다.

독서의 목적은 지식과 학문, 교양과 수양, 여가 선용에 있다고 할 수 있다. 일반적으로 독서의 목적은 (1) 교양을 위하여, (2) 연구를 위하여, (3) 생활 정보와 수단을 얻기 위하여, (4) 오락을 위하여, (5) 사고능력을 기르기 위하여, (6) 자유스러운 커뮤니케이션을 위함에 있다.

2. 독서는 이런 기능이 있다

독서라는 말의 한자를 풀이하면 '책 읽기' 또는 '글 읽기'이다. 학자에 따라 다양하게 정의하고 있지만 종합하면 결국 책 또는 글을 읽는 것이다. 독서는 글의 뜻을 자기의 경험과 비교하여 자신의 것으로 만드는 것이다. 독서는 단순히 남의 지식이나 정보를 받아들이는 데 그치는 것이 아니고 말하기, 읽기, 쓰기, 듣기의 종합적 활동이 포함되는 창조적 과정이다.

독서는 글 전체의 의미를 올바르게 이해하여 인간 내면의 세계에 어떤 변화를 가져오는 행위이다. 그러므로 독서는 글이나 책을 읽고서 마음이나 행동으로 실천하려는 변화를 일으켜야만 바람직한 독서라 할 수 있다. 독서는 "인쇄되어 있는 단어의 의미를 얻기 위하여 기본적으로 해야 하는 일"로 글자에 대한 의미보다는 글 전체에 대한 뜻을 파악하려는 활동이다. 맬로(Mallow)는 독서를, 읽고 쓰는 능력을 함축시키는 기술과 저자가 저술한 내용을 독자가 인간 본연의 자세에서 되풀이하는 과정으로 보고, 독서를 생활교육의 도구로 활용하는 방법으로 신문이나 잡지를 읽는 방법과 논문, 교과서를 읽는 방법에 대하여 여러 가지 기술적인 방법을 강조하고 있다. 가네(Gagné)는 "독서가 사회에서 자기의 역할을 발휘하고 삶을 가장 깊이 있게 음미하는 데 중요한 기능을 한다."고 강조하였다. 그러므로 독서는 인간이 살아가는 데 중요한 도구인 것이다.

인류가 문화를 발전시킬 수 있는 것은 책이 있기 때문이요, 이러한 책을 읽음으로써 다른 사람이 발전시켜 놓은 문명을 깨달아 이해하고 자신의 생각을 정리하고, 더하여, 보다 좋은 책이나 좋은 글을 쓸 수도 있는 것이다. 독서는 내가 보지 못한 세계를 보여 주고, 내가 느끼지 못한 세계를 느끼게 해 주고, 내가 알지 못하는 세계를 알게 해 주는 것이다.

옛말에 '남아수독오거서(男兒須讀五車書)', 즉 "사람은 모름지기 다섯 수레에 실을 수 있을 만큼의 많은 책을 읽어야 한다."고 하였다. 글에는 성현들의 깨달음이 담겨 있어서 후손들에게는 가르침이 되는 것이다. 현대판으로 풀이한다면, 글에는 삶에 대한 지식과 정보가 담겨 있어서 자아와 세계의 이해에 도움이 된다는 뜻일 것이다. 그렇기 때문에 독서의 중요성은 아무리 강조해도 지나침이 없는 것이다.

독서는 다음과 같은 기능이 있다.

첫째, 독서는 언어발달을 가져온다. 즉 언어를 사용할 줄 아는 능력을 갖게 된다.

둘째, 독서를 통하여 지식을 얻는다. 책을 읽고 간접 경험을 통하여 다양하고 깊이 있는 지식을 얻을 수 있다.

셋째, 독서는 우리에게 교양을 쌓게 한다. 우리는 매일 책을 통하여 인격을 도야하고 깨달음과 지혜를 얻게 된다.

넷째, 독서는 우리에게 즐거움을 준다. 독서에서 얻게 되는 진정한 즐거움은 깨달음에서 오는 희열에 있다.

다섯째, 우리는 독서를 통하여 살아가면서 부딪치는 수많은 문제에 대한 해답을 얻을 수 있다.

프랜시스 베이컨은 "토론은 부드러운 사람을 만들고, 글쓰기는 정확한 사람을 만들며, 독서는 완전한 사람을 만든다."고 하였다.

일일부독서(一日不讀書)는 구중생형극(口中生荊棘)이라는 말도 있다. '하루라도 독서하지 않으면 입 안에 가시가 돋는다.'라는 뜻이다. 그러므로 독서는 중요한 것이다.

3. p-book과 e-book은 동반자이다

인쇄문화에 획기적인 변화를 일으킨 것 중의 하나가 종이의 발명이다. 종이로 만들어진 책이 paper book, 즉 p-book이요, 디지털 파일로 된 책이 electronic book, 즉 e-book이다. p-book은 전통적인 책이다. 닥나무 재료로 만든 종이책은 우리 조상들의 얼이 담긴 책이다. e-book은 PC나 전용단말기를 이용하는 책이다. 새로운 기술이 낳은 디지털콘텐츠 서비스의 한 형태이다.

종이가 발명되기 전의 필사자료는 나뭇잎, 나무껍질, 진흙, 돌, 동물의 뼈, 양가죽, 송아지 가죽, 비단 등 생활 환경에서 손쉽게 얻을 수 있는 재료였다. 서양의 파피루스와 중국의 채륜이 만들었다는 종이의 등장은 인쇄 분야의 하나의 혁명이었다.

종이는 동서양을 넘나들면서 기술이 발달하여 양질의 p-book으로 태어난 것이다.

한편 컴퓨터와 인터넷의 발달에 의해 만들어진 e-book은 p-book을 대신하게 될 것이라는 생각을 하는 사람이 많았다. 그래서 한동안은 p-book이 퇴장하고 e-book이 대신할 것이라는 주장도 설득력을 얻은 적이 있었다. 그러나 p-book과 e-book은 각각 장점이 있어 선택적으로 이용되고 있다.

최근에는 전자 종이의 실용화가 빨라지고, 문화적으로

많은 변화를 일으키고 있다. 인터넷을 통하여 많은 정보를 주고받으며 실시간 정보에 접근하고 있다. e-paper의 등장으로 정보 접근성이 쉬워졌다.

오늘날 디지털도서관을 통해 e-book을 대출하는 이용자가 늘고 있다. e-book은 이용자에게 편리하다. 대출하기 위해 도서관에 갈 필요 없이 인터넷을 통해 대출받고, 자동으로 반납되며, 24시간 대출이 가능하다. 도서관 입장에서도 p-book보다 e-book의 관리가 편리하고 공간 활용도가 높다. 그러나 p-book은 전통적으로 친근감이 있다. 독서의 매력과 자유로움이 있다. 그리고 휴대성, 소장물로서의 가치 등은 e-book이 갖지 못하는 장점이다. 특히 p-book은 손에 잡히기 때문에 무엇인가 소유하고 있다는 느낌이 들어 아직까지 정감이 간다.

도서관에서의 이용률을 보면 아직까지 p-book이 높다. 연령층이 높을수록 p-book을 많이 이용함을 볼 수 있다.

문화체육관광부에서는 e-book, m-book, u-book을 장려하고 있다. 전문가들은 대체로 e-book 기술이 발달하여 최신장비가 개발되더라도 p-book의 문화 자체를 바꿀 정도의 충격을 일으키지는 못할 것으로 내다보고 있다.

향후 p-book과 e-book은 대체관계가 아니라 보완관계로 공존의 길을 걷게 될 것으로 생각된다. p-book과 e-book은 콘텐츠를 공유하는 영원한 동반자이다.

4. 디지털 시대는 독서의 역할이 중요하다

　디지털 시대는 독서의 역할이 매우 중요하다. 많은 양의 지식과 정보를 선택하여 활용하는 능력이 요구되기 때문이다. 디지털 시대는 정보의 종류와 양이 급격하게 증가한다. 독서를 통하여 정보 활용능력을 배양하지 않으면 홍수처럼 쏟아지는 정보의 바다에 빠질 수밖에 없다. 정보를 선택하고 활용하는 능력과 지식을 창조하는 능력은 독서를 통해 키워진다. 영상매체가 중심이 되는 디지털 시대는 주로 직관과 느낌을 강화하는 반면에 논리와 분석력은 약화된다. 영상 중심의 매체 환경은 상상력과 지적 활동을 빼앗아 갈 수도 있는 것이다. 독서는 인간의 상상력을 자극하고 지적 활동을 왕성하게 하는 데 가장 효과적이다. 디지털 환경에 효율적으로 적응할 수 있는 적응력과 창의력은 바로 독서를 통해 가장 효과적으로 얻을 수 있는 것이다.

　디지털 시대의 중심은 인터넷이다. 인터넷이 이제는 일상적 삶과 긴밀한 관계를 갖게 되었다. 인터넷이 제공하는 영역은 텍스트뿐만 아니라 음악, 게임, 오락, 그림을 비롯한 미술 등 다양한 정보이다. 종래에는 문자정보는 책이나 인쇄매체로, 음악이나 영상은 비디오나 CD로 듣고 볼 수 있었지만 오늘날에는 인터넷으로 정보의 속성과 종류에 관계없이 디지털 정보로 저장하고 인출할 수 있게 되었다.

　아날로그 시대의 책 읽기 방식에 익숙한 사람들은 주로

순차적 책 읽기에 익숙한 사람들이다. 군데군데 뛰어넘어서 필요한 부분만 골라서 읽을 수 있지만 여전히 언어적 정보가 순차적으로 배열돼 있기 때문에 인터넷에 링크된 상태로 연결돼 있는 텍스트 읽기 방식에 익숙하지 않다. 디지털 텍스트와 멀티미디어 학습자원이 네트워크에 실려 있어도 프린트해서 책상에 앉아서 읽어 보는 방식은 아날로그 시대의 대표적 학습방식이다. 이들에게 학습은 곧 '읽으면서 학습'하는 방식을 의미한다. 인터넷에 링크되어 있는 정보를 전통적인 읽기 방식으로 소화해 내기에는 여전히 낯설 수밖에 없다.

디지털 시대의 책은 e-Book이다. e-Book은 전자도서이다. 기존의 종이 서적과는 달리 컴퓨터 파일 형태의 출판물을 전용뷰어(viewer)를 통해 컴퓨터나 전용단말기로 읽는 디지털 출판물을 말한다. e-Book은 인터넷을 통해 다운로드를 받는 것은 물론 전용뷰어를 통해 PC나 단말기, 개인용 정보단말기(PDA)로 볼 수 있는 디지털 출판 영역이다. e-Book의 장점은 첫째, 저렴한 가격이다. 둘째, 키워드로 검색이 가능하며 파일 백업으로 자료의 손실을 방지할 수 있다. 셋째, 원하는 작품을 인쇄할 수 있으며 휴대 독서기에 저장하여 간편하게 소지할 수 있다. e-book은 판매에 대한 걱정은 하지 않아도 좋다. 인터넷의 보편화로 구매하는 사람들이 날로 늘어나고 있기 때문이다. 오늘날은 e-book의 생산이 점점 늘어 가고 있다.

디지털 시대는 지식정보와 같은 무형의 실체가 네트워크를 통해 유통되는 시대이다. 아날로그 정보는 일단 생산되면 시간의 흐름과 더불어 생성된 정보가 정보를 필요로 하는 사람의 목적과 관심에 따라 쉽게 변화되기 어려운 반면에 디지털 정보는 정보 활용 주체의 목적과 관심에 따라 원하는 방향으로 자유자재로 변형이 가능하다. 디지털 정보는 아날로그 정보에 비해 양적 변화수준을 뛰어넘어 질적 속성의 변형이, 그것도 복제비용이 거의 들지 않는 상태에서 가능하다.

현대 사람들은 책 읽기를 소홀히 하고 있다. 디지털 시대라서 그런지 바쁘다. 학생도, 교사도, 아버지도, 어머니도 바쁘다. 누구나 바쁘다. 모두 바쁘다. 바쁘다는 핑계로 독서하지 않는다. 그러나 열심히 독서하고 회사를 경영하는 CEO가 있다. 독서를 통하여 회사의 경쟁력을 높이는 사장이다. 이른바 독서경영을 하는 CEO를 말한다. 사장이 독서하고 사원들에게 독서환경을 만들어 독서하게 한다. 독서하면 인센티브를 준다. 독서 이력을 승진, 승급, 연봉에도 참작한다. 우리는 책을 읽어야 한다. 그리하면 창의력이 높아진다. 우리 모두 독서하자.

5. 왜, 독서교육인가?

독서교육이라고 하면 독서지도란 개념과는 다르게 보아야 옳다고 본다. 독서지도란 개념이 곧 독서교육이 아니라 독서교육이 이루어지는 과정에서 독서지도가 행하여진다고 볼 수 있다. 독서교육(reading education)이란 독서지도 (reading guidance)의 상위 개념으로 독서에 의한 인간 교육이라 할 수 있다. 다시 말하면 "독서를 통한 인간교육의 실천적 활동"이다.

독서교육은 도서관 이용자들에게 책 읽는 방법, 효과적인 독서법, 책 읽는 자세, 독서예절, 독서 시간과 장소, 독서위생, 독서계획 세우기, 속독요령, 독서감상문 쓰기, 원고지 쓰는 방법, 책의 선택 방법, 독서행사, 독서회 운영, 도서관 이용법 등을 지도하는 것이다. 독서교육은 독서를 통하여 인격을 형성하는 인간교육이며, 독서하는 태도, 지식, 능력, 흥미, 기술, 습관 등의 형성과 그 개발을 지도하는 것이다. 또한 독서의 중요성을 인식시키고, 독서방법을 가르쳐 생활화할 수 있도록 지도하는 것이다.

왜 독서교육이 필요한가? 독서는 자기교육(self education)을 위한 최선의 학습방법일 뿐만 아니라 논리적인 사고력 신장의 토양이기 때문에, 학교에서는 보다 의도적인 독서교육을 통하여 책을 즐겨 있는 습관을 길러 주고, 좋은 책을 선택할 수 있도록 안내해 주어야 한다.

학생들이 좀 더 사고적, 비판적, 창의적인 독서활동을 할 수 있도록 하기 위해서는 탐구적 독서의 접근법인 SQ3R 교육법이 있다.

(1) S/Survey

조사활동이다. 즉, 자료를 훑어보거나 그림을 살펴보거나, 글 속의 한두 문장을 읽거나, 목차를 보고 어떤 내용이 있나 살펴보는 것이다.

(2) Q/Question

질문 설정이다. 즉, 대강 훑어본 자료를 토대로 학습목표가 될 수 있는 질문을 만들어 보는 것이다.

(3) R/Read

실제 독서이다. 즉, 질문 설정에서 생각하고 있던 질문을 찾으면서 읽고, 다시 읽은 내용을 중심으로 새로운 질문을 설정하면서 탐구적으로 독서하는 것이다.

(4) R/Recite

암송이다. 즉, 읽은 자료의 내용을 독자 자신이 되새겨 보는 것이다.

(5) R/Review

복습 또는 학습 확인이다. 즉, 학습의 결과를 강화하기 위하여 읽기 자료를 다시 한번 공부하는 것이다.

프랑스의 독서교육을 소개하면 다음과 같다. 프랑스의 경우, 초등학교 1, 2학년 동안에 '독서학습'이 있다. 이 과정을 통해 어린이는 독서라는 것이 무엇이며, 어떤 것을 읽고 어떻게 읽는가를 배우게 된다. 초등학교 교사는 전적인 재량권을 갖고서 매우 다양한 종류의 독서용 교재들 가운데서 자신에게 가장 적합하고 교육과정을 가장 잘 따른 교재를 선택하여 사용한다. 초등학교 2학년 수준에서 대략 1주일에 1권을 읽는다. 이때 독서내용은 책, 만화, 그림책 등 다양하다. 이를 위해 각 초등학교는 학교도서관을 운영하고 있고, 공간이 부족한 학교에서는 교실 한쪽을 도서실 코너(학급문고)로 꾸며 사용하기도 한다.

독서지도를 위한 방법으로 가장 널리 사용되는 것은 독서카드 만들기이다. 학생이 책을 읽으면 미리 만들어진 일정한 양식의 독서카드를 한 장씩 작성하게 된다. 저학년일 경우에는 집에서 책을 읽고 학부모와 함께 독서카드를 작성하지만, 성장할수록 학생 스스로 카드를 작성할 수 있게 된다. 그리고 작성된 카드는 교실에 비치된 자신의 독서카드함에 넣어 둠으로써, 교사는 학생의 독서상태를 점검할 수 있다.

중학교부터는 주로 자서전과 수기, 시와 소설 등을 읽는다. 선정된 도서목록의 구체적 내용을 보면, 중세의 문학 작품들과 사상가와 프랑스 작가의 작품이 들어 있다. 그리고 세르반테스, 헤밍웨이, 톨스토이, 아가사 크리스티를 포함하는 외국의 다양한 장르의 작가가 총망라되어 있어, 폭넓은 독서를 하도록 유도한다(제주극동방송 칼럼). 학생들에게 책을 읽히는 이유는, 살아가는 데 필요한 기초 기능인 상상력, 창의력, 추리력, 비판력, 판단력과 사고력을 길러야 하기 때문이다. 또 하나의 이유는 독서와 학력의 관계 때문이다.

서양의 어떤 학자에 의하면 학습부진의 20% 정도는 독서력 문제에서 기인한다고 주장하였다. 또 어떤 학자는 "지능과 독서능력과의 관계는 정비례적이다."라고 하였다. 여러 학자들의 연구를 종합하면 학업성취와 성격발달에 독서가 많은 영향을 준다는 사실을 알 수 있다. 수학 영재도 책 읽는 습관을 통해 길러진다는 연구결과가 있다. 한국교육개발원 연구팀이 역대 국제수학올림피아드 참가자 27명(남 23명, 여 4명)을 대상으로 조사한 결과를 보면, 83%의 학생들이 "어려서부터 책 읽기를 좋아했다."고 응답하였다. 그리고 학생들의 집에 평균 250권의 책을 갖고 있으며, 백과사전과 사전류 등 참고할 만한 도서를 갖추고 있었다고 한다.

한국의 대표적인 IT 기업인, 컴퓨터 바이러스 백신 전문가, 그는 안철수 박사이다. 그도 역시 어렸을 때부터 독서광으로 도서관에서 읽은 책을 통하여 꿈을 키웠던 것이다. 그는 어려서부터 걸어 다니면서도 책을 읽는 책벌레라는 별명을 갖고 있었다고 한다.

국내에서 제일가는 기업의 창업자인 故 이병철 회장은 해마다 정초에 일본에 가서 기업경영과 하이테크에 관한 책을 사서 읽고, 이른바 동경구상을 하였다고 한다. 오늘날 그 기업이 세계적인 기업이 된 것은 바로 이병철 회장의 독서에 기인한 것이라 생각한다.

7차 교육과정의 목표는 21세기의 세계화 · 정보화 시대를 주도할 자율적이고 창의적인 한국인 육성이다. 구체적인 목표로는 건전한 인성과 창의성을 함양하는 기초 · 기본 교육을 충실히 하고, 세계화 · 정보화에 적응할 수 있는 자기 주도적 능력을 신장시키며, 학생의 적성, 능력, 진로에 적합한 학습자 중심 교육의 실천과 지역 및 학교의 교육과정 편성 · 운영의 자율성 확대이다.

특히 강조하는 목표는 세계화 · 정보화에 적응할 수 있는 자기 주도적 능력을 신장시키는 것이다. 자기 주도적 능력을 신장시킬 수 있는 방법 중의 하나가 자기 주도적 학습(Do-It-Yourself Learning)이다. 학교도서관이 학습자료를 제공하여 학습자 자신이 스스로 선택하고 조직하는 자기 주도적 학습의 장이다. 자기 주도적 학습은 독서교육에서 찾을 수 있다.

21세기 교육은 (1) 알기 위한 학습(Learning To Know), (2) 행하기 위한 학습(Learning to do), (3) 존재하기 위한 학습(Learning to be), (4) 함께 살아가는 법을 익히는 학습(Learning to live together)이 중요하다.

바로 도서관보조학습(LAI; Library Assisted Instruction)이 이러한 교육을 내실화할 수 있는 방법이며, 독서를 통한 학습이다.

6. 독서교육, 어떻게 할 것인가?

우리는 책을 읽는 것으로만 만족하는 경우가 있는데, 책을 읽었으면 그다음에 독서발표를 해야 한다. 읽으면서 생각한 것을 다른 사람한테 이야기할 때 또 다른 생각이 떠오르기 때문에 더 많은 상상을 하게 되는 것이다. 읽은 책에 대해서 누구한테든지 이야기를 하는 것이 훨씬 좋은 독서법이라 할 수 있다. 혼자 다른 사람에게 이야기하는 것보다는 독서결과를 서로 토론할 때 더 많은 생각이 떠오르게 되는 것이다. 토론 중에 생각한 내용을 이야기하게 되므로 독서토론은 계속될 수 있는 것이다. 그다음은 정리하는 단계가 되어야 한다. 토론하면서 두서없이 생각나는 대로 이야기했을 때 정리하지 않고 그냥 넘어가서는 안 된다. 이러한 내용을 조리 있게 기록하게 된다면 완전히 자기 사상으로 정리하게 되는 것이다.

독서교육을 독서 전 교육과 독서 중 교육, 그리고 독서 후 교육의 3단계로 나누어 생각할 수 있다.

1) 독서 전 교육

독서 이전 교육은 독서를 하기 전에 학생들에게 지도해야 하는 내용이다.

먼저 독서환경을 조성하는 것이다. 학교도서관을 마련한

다든지 학급문고를 마련하는 것이다. 그리고 읽을 책을 준비하는 것이다.

바른 독서습관을 지도하는 것이다. 도서 선택 지도를 하는 것이다. 아동의 흥미와 능력의 발달에 알맞은 도서를 선택하게 한다. 가능하면 학교에서는 학년과 연령에 따른 권장독서 목록을 만들도록 한다. 책을 읽기 전에 어떤 책인가, 대강의 내용, 저자 등을 알아보고, 서평 또는 추천하는 글 등을 읽어 보도록 한다.

독서에 관심을 갖도록 하는 방법이다. 관심을 갖게 하는 방법은 흥미, 상과 벌, 경쟁과 협동이다.

첫째로, 흥미이다. 다시 말하면 재미가 있어야 한다. 책의 내용이 재미있어야 하고, 독서하는 방법이 재미있어야 한다.

둘째로 상과 벌이다. 즉 칭찬과 격려, 꾸중이다. 잘하면 칭찬하고 상장을 주고, 잘못하면 약속한 대로 꾸중하고, 벌을 주는 것이다. 벌에는 덕벌, 지벌, 체벌이 있다. 덕벌은 교실이나 복도, 화장실 청소, 마룻바닥 닦기, 운동장 종이 줍기 등 도덕적인 면으로 벌을 가하는 것이다. 지벌은 과제를 부과하는 방법이다. 외우기, 쓰기, 조사해 오기, 탐구해 오기 등 과제를 부과하는 것이다. 체벌은 신체에 물리적인 힘을 가하는 것이다. 가능하면 체벌은 금해야 하지만, 체벌을 할 때에는 미리 약속을 하고, 학생이 인정할 때 효과가 있다. 일반적으로 상이 벌보다 효과적이다.

셋째로 경쟁과 협동이다. 다시 말하면 누가 누가 잘하나, 서로 비교하거나 협동하게 한다. 개인과 개인, 학급과 학급, 학년과 학년을 비교하는 것이다. 협동하여 조사하거나, 협동하여 해결하는 것이다. 일반적으로 협동이 경쟁보다 좋다.

2) 독서 중 교육

독서 중 교육은 독서과정을 지도하는 것이다.

흥미의 지속, 흥미의 질을 관찰해야 한다. 장편인 경우에는 중간에 개별 면담을 통하여 지금까지 읽은 내용에 대한 이해 정도를 파악하고 확실하게 읽고 넘어가도록 한다. 필요에 따라 독서노트에 줄거리나 요점을 간단하게 메모하도록 하며, 주제가 무엇인가를 파악하도록 한다. 주요 인물의 성격이나 행동, 인간관계, 삶의 방식, 시대적 배경 등을 분석하고, 주제와 관련하여 어떻게 전개되고 있는가를 생각하게 한다. 등장인물의 행동이나 이야기의 전개를 자기의 생활, 의견, 경험, 환경과 결부시켜 사고하며 읽어 가도록 한다.

3) 독서 후 교육

독서 후 교육은 독서감상문 쓰기와 감상문 쓰기 사후지도로 나누어 생각할 수 있다. 독서 후에는 학생에 따라 다르지만 기록이 필요하다. 기록 형식에는 독서카드와 독서노트 쓰기가 한 예인데, 독서감상문을 쓰기 전의 기초 단계이기도 하다.

학생들에게 독서 감상문을 쓰기 전에,

(1) 책에 담긴 내용을 바르게 이해하게 지도해야 한다.
(2) 나의 생활과 연관시켜 읽고, 줄거리와 느낌을 고루 섞어 쓰게 한다.
(3) 느낌과 감동이 가장 강한 것을 뚜렷하게 나타내게 한다.
(4) 여러 형식의 독서감상문을 고루 써 보도록 한다.

어떤 종류의 책을 읽으면, 대개 어떠한 사실을 찾아내거나, 아니면 감동을 받게 된다. 이러한 내용과 감동과 지식을 나의 것으로 소화하여 글로 쓰는 것이 독서감상문이다.

독후감 쓰기에 대한 사전 지도가 없이 책 내용을 내 것으로 완전히 새기지도 못한 채 독후감을 쓰게 해서는 안 되겠다. 독후감을 쓰기 위해 책을 읽어서는 안 된다. 너무 자주 쓰게 하는 것보다는 한 권의 책을 완독한 다음 쓰도록 하는 것이 좋을 것이다.

독후감은 억지로 써서는 아무런 값어치가 없는 것이다. 책을 읽고 난 다음 감동과 감상이 저절로 샘솟듯 우러나와서 자연히 쓰고 싶도록 사전 지도가 충분히 이루어져야 한다. 적어도 한 편의 독후감을 쓰려면 읽은 책의 내용을 내 것으로 받아들이고, 거기서 건전한 생각을 갖게 한 다음 쓰도록 해야 한다.

동화 속에 나오는 주인공과 서로 이야기를 나누며, 그들의 생각을 마음껏 펴 보도록 해야 한다. 위인전을 읽으면서, 그분은 어떻게 역경을 참고 견디면서 슬기롭게 극복했으며, 어떤 업적을 남겼는가? 읽는 사람에 따라 같은 내용이지만 느낌이 다르게 마련이다. 독후감을 쓰면 내용을 다시 음미하게 되고, 독서의 보람을 맛보게 된다. 이러한 발견(지식), 느낌(감동)을 글로 표현하는 것이 독후감이다. 독후감은 독서를 통한 표현(발표) 활동 중의 하나가 된다.

장서는 힘이다

곡천 이만수

장서는 도서관의 힘 중의 하나이다. 도서관의 힘은 다양한 관점에서 말할 수 있지만 도서관 3요소로 접근하여 보면 역시 사서, 자료, 시설이다. 3요소가 모두 중요하지만 궁극적으로는 가장 중요한 것이 자료, 즉 장서이다.

다시 말하면 도서관의 힘은 역시 장서이며, 장서는 도서관의 요체, 핵심, 즉 기본인 것이다. 또한 장서는 도서관의 정체성을 대변하기도 하기 때문에 이용자의 요구와 환경변화에 따라 장서를 최적의 상태로 유지할 필요가 있는 것이다.

최근에는 정보량이 급속도로 증가하고, 정보매체도 다양하게 발전함에 따라 도서관에서 장서개발에 관한 어려움이 확대되고 있다.

특히 예산은 한정되어 있고, 오히려 줄어들고 있는 형편에, 꼭 필요한 자료를 구입해서 신속하게 이용자에게 제공하는 것은 사서에게는 매우 어려운 일이지만, 꼭 해야 하는 중요한 업무이기 때문에, 더욱 관심이 집중되고 있는 것이다.

Part 3

왜, 독서가
중요한가?

왜, 독서가 중요한가?

●

한양대 정민 교수는 『책 읽는 소리』라는 책을 간행하였다. 내용인즉, '옛글을 읽는 까닭', '마음 속 옛글', '옛글과 오늘'이다. 우리들에게 "우리 조상은 책을 얼마나 읽었을까? 책에서 무엇을 배웠으며, 그들의 책 읽기에서 우리는 무엇을 배울 수 있을까?"에 대하여 안내하고 있다. 조선시대의 행복한 가정은 3다(多) 가정이다. 1多는 웃음소리요, 2多는 아기 울음소리요, 3多는 책 읽는 소리이다. 독서를 행복한 가정의 조건으로 삼았다. 일본에는 3多가 있다. 1多 공원, 2多 자전거, 3多 책 읽는 사람이다. 일본도 독서를 중요시하고 있음을 알 수 있다.

흔히 말하기를, 논술을 잘 쓰려면 3多를 실천해야 한다고 한다. 즉, 다독(多讀), 다작(多作), 다상량(多商量)의 구양수가 말한 三多이다. 많이 읽고, 많이 쓰고, 많이 생각해야 좋은 글을 쓸 수 있다는 것이다. 평소 무엇을 읽고 어떻게 생각하고 어떻게 써야 하는지에 대한 학습과 꾸준한 실천이 있다면 좋은 논술문을 작성할 수 있다는 것이다. 논술의 기초는 독서요, 독서토론이요, 글쓰기이다.

지식사회에서 필요한 지식과 정보를 획득하는 가장 효율적인 방법은 독서이다. 독서란 글자 그대로 "책을 읽는다", "글을 읽는다"는 뜻으로 독자가 책 속의 저자와 만나서 의사를 소통하고 의미를 재구성하는 과정이다. 또한 글의 의미를 파악하는 지적 작용이다. 다시 말하면 독서란 글이나 책을 읽는 행위인 것이다.

글이나 책은 일종의 매체이다. 책은 저자가 어떤 의도를 가지고 만들어 낸 의미나 정보를 지닌 매체이다. 책은 글자로만 이루어진 것은 아니기 때문에 글자라는 말보다는 기호라는 말을 쓰는 것이 좋을 듯싶다. 우리가 독서한다는 것은 책만 읽는 것이 아니라 신문이나 팸플릿으로도 독서한다. 책보다 넓은 의미를 지닌 말이 텍스트인데, 독서란 기호나 텍스트와의 상호작용인 것이다. 상호작용은 곧 느낌이나 의미의 전달로 독서행위이다.

독서는 경험을 확대시킨다. 독서는 사고력을 신장시킨다. 독서는 정보와 지식을 획득하게 한다. 독서는 언어 발달을 가져온다. 독서는 정서를 함양시킨다. 독서는 청소년들의 성격형성에 영향을 미친다. 독서는 바람직한 인간상을 형성시킨다. 독서는 치료적 가치를 지닌다. 그러므로 독서는 더욱 중요하다. 독서의 중요성을 다음과 같이 정리할 수 있다.

1. 읽으면 행복하다

　독서는 즐거움을 준다. 독서가 우리에게 주는 즐거움이 오락적 수준의 즐거움일 수도 있지만, 독서에서 얻게 되는 진정한 즐거움은 깨달음에 있다. 독서하는 사람은 독서를 함으로써 무엇인가를 생각하게 되며 또 무엇인가를 얻게 된다.

　"읽으면 행복합니다."라는 표어가 있다. 우리들은 행복해지도록, 행복지수가 높아지도록 독서해야 한다.

　영국의 철학자 베이컨은 "토론은 부드러운 사람을 만들고, 글쓰기는 정확한 사람을 만들며, 독서는 완전한 사람을 만든다."고 하였다.

　책 읽고 있는 모습을 보면 아름답다. "책을 읽는 사람이, 책을 읽지 않는 사람을 리드한다."는 말이 있다. 이 말을 "내 자녀가 책을 읽으면 책을 읽지 않은 다른 자녀보다 공부를 잘 할 것이요, 앞으로 더 행복하게 살 것이다."라고 고쳐서 생각하면 어떨까? 누구나 책을 읽고 있는 자녀의 모습이 보고 싶을 것이다. 그런 모습을 보면 아마도 마음이 흐뭇하고 기분이 좋을 것이다. 독서하고 있는 모습을 보면서 희망찬 자녀의 앞날을 생각했기 때문일 것이다. 독서하는 모습은 아름답다. 교장실에서 책을 읽고 있는 교장은 교사를 감동시킨다. 책을 읽고 있는 교사는 학생을 감동시킨다. 책을 읽고 있는 사장은 사원에게 성취동기를 촉진시킨다. 독서하면 아름답다. 읽으면 행복하다.

2. 독서하면 창의력이 길러진다

창의력이란 "새로운 것을 만들어 내거나 발견해 내는 능력"을 말한다. 창의력은 어떤 문제에 대한 새로운 해결안, 새로운 방법이나 고안, 새로운 예술적 대상이나 형태 등으로 구체화되는 것이다. 애니메이션의 천국이라고 하는 일본의 도에이사는 「디지몬 어드벤처」라는 애니메이션을 만들었다. 그 유명한 캐릭터는 어디서 나온 것일까? 스태프는 어린 시절 책에서 읽은 내용과 지금 읽고 있는 책에서 얻은 아이디어를 바탕으로 그렸다고 말한다. 파리의 디자이너들 또한 다양한 종류의 책을 읽고 또한 후배들에게도 많은 책을 읽어 영감을 얻으라고 권하고 있다.

할리우드에서 활약하고 있는 「타이타닉」을 찍은 제임스 카메룬과 「쥐라기 공원」을 찍은 스티븐 스필버그의 말을 들어 보면 "자신들의 상상력은 여러 세기에 걸쳐 축적되어 온 고전과 어렸을 때 읽었던 동화에서 나온다."고 말하고 있다. 또한 자신이 어렸을 때 상상으로만 생각했던 것을 이렇게 나타내는 데에 기쁨을 느낀다고 한다. 할리우드를 움직이는 동력은 책을 읽는 것, 즉 책을 읽는 사람들이 있어 할리우드가 성장해 가고, 또한 "독서는 모든 것의 시작"이라고 하면서 책 읽기의 중요성을 역설하고 있다.

인터넷이 21세기 정보사회를 이끌어 간다 하여도 그것을 움직이는 주체는 사람이다. 즉 첨단기술을 개발하는 아이디어는 인간의 두뇌에서 나오는 것이다. 그러므로 결국 디지털 세계에서도 핵심은 창의력이다. 창의력의 기반에는 지적인 체험이 필요하고, 그 지적인 체험을 쌓는 지름길이 바로 '독서'인 것이다. 독서는 사고력을 신장시킨다. 독서를 통하여 조용하고 내면적인 사고를 할 수 있다. 그러므로 독서는 중요하다.

3. 독서하면 학력이 증진된다

한국교육개발원은 최근 보고서에서 고등학교 1, 2학년 중에서 성적이 상위 10% 이내에 들어가는 학생들의 특징을 다섯 가지로 분류하였다. 이를 구체적으로 보면 (1) 어려서부터 독서를 좋아했다, (2) 공부는 스스로 자기 주도적으로 한다, (3) 학원보다는 도서관이나 집에서 혼자 조용히 공부한다, (4) 공부하는 것이 매우 즐겁다, (5) 문학작품 읽기와 신문 읽기를 즐긴다 등이다. 이 결과를 한마디로 요약하면, 공부 잘하는 학생들은 독서를 많이 했다는 사실이다. 즉, 독서와 관련된 특징이 대부분이라는 점이다.

독서와 학력은 깊은 관계가 있다. 서양의 어떤 학자에 의하면 학습부진의 20% 정도는 독서력 문제에서 기인한다고 주장하였다. 또 어떤 학자는 "지능과 독서능력과의 관계는 정비례적이다."라고 하였다. 여러 학자들의 연구를 종합하면 학업성취와 지능발달에 독서가 많은 영향을 준다는 사실이다.

수학 영재도 책 읽는 습관을 통해 길러진다는 연구결과가 있다. 한국교육개발원 연구팀이 역대 국제수학올림피아드 참가자 27명(남 23명, 여 4명)을 대상으로 조사한 결과를 보면, 83%의 학생들이 "어려서부터 책 읽기를 좋아했다."고 응답했다. 그리고 학생들의 집에 평균 250권의 책을 갖고 있으며, 백과사전과 사전류 등 참고할 만한 도서를 갖추고 있었다고 한다.

4. 독서는 치료의 효과가 있다

독서는 치료적 가치를 지닌다. 독서는 책 속의 인물이나 사건에 대해 독자자신을 동일시하고, 그를 통해 자신의 억압된 감정이나 부정적인 기억을 소산시키는 작용을 통해 개인적 통찰을 이루도록 한다. 이러한 원리를 이용한 상담심리 분야가 독서치료이다. 독서치료는 아동이나 성인이 발달적, 임상적으로 겪는 정서, 심리, 행동 문제를 치유하거나, 스스로 건전한 자아와 가치관을 형성하여 정상적인 발달 과업을 성취하도록 돕기 위해 책 읽기를 이용한다.

"사람은 책을 만들고 책은 사람을 만든다."는 말이 있다. 책이 사람을 만든다고 하는 것은 책을 읽고 그 내용을 알고 깨달아 바람직한 사람으로 변화된다는 뜻이 들어 있다고 생각된다. 이 말은 독서치료를 가장 잘 설명하는 짧은 말이다. 고대 그리스의 도시인 테베(Thebes)의 도서관 입구에는 "영혼을 치료하는 곳"이라는 말이 새겨져 있다. 테베의 사람들은 책이 의사소통이나 교육, 치료 등을 통하여 생활을 질적으로 더욱 풍부하게 해 준다고 하여 소중하게 여겼던 것이다. 독서는 인간 형성을 위한 교육의 도구이며, 평생 학습사회를 살아가는 우리들에게 필수적인 기능이다. 독서지도를 통해서 개인적 문제를 해결하도록 안내하는 독서치료는 우리나라에서는 주로 교육심리학, 아동학, 문헌정보학에서 다루고 있다.

책 속에 길이 있다. 책은 말 없는 스승이다. 무릇 책을 읽을 때는 반드시 책상을 잘 정돈하고, 마음가짐을 깨끗하고 단정하게 하고, 책을 가져다가 가지런히 놓고는 몸을 바른 자세로 책을 대하고, 자세하게 글자를 보며, 자세하고 분명하게 읽어야 한다. 독서는 마음의 양식이다.

5. 독서하면 Leader가 된다

Reader가 Leader가 된다는 말이 있다. KBS 공사 창립 특집에서 방영된 「그들은 책을 읽었다」에 등장한 많은 사람들은 어릴 때, 한창 시절에 책을 읽었으며, 지금도 책을 읽고 있다고 했다. 한국의 대표적인 IT 기업가요, 컴퓨터 바이러스 백신 전문가인 안철수 박사도 어렸을 때부터 독서광으로 도서관에서 읽은 책을 통하여 꿈을 키웠다고 한다. 그는 어려서부터 걸어 다니면서도 책을 읽는 책벌레라는 별명을 갖고 있다. 또한 그는 바쁜 일과 중에도 매일 한 시간씩, 주말에는 두세 시간씩 책을 읽고, 출장 갈 때는 꼭 책을 챙긴다고 한다.

국내에서 제일가는 기업의 창업자인 故 이병철 회장은 해마다 정초에 일본에 가서 기업경영과 하이테크(고도 기술)에 관한 책을 사서 읽고, 이른바 동경구상을 하였다고 한다. 오늘날 그 기업이 세계적인 기업이 된 것은 바로 이병철 회장의 독서에 기인한 것이라 생각한다.

빌 게이트는 "오늘날 나를 있게 한 것은 우리 마을 도서관이었다."라고 하였다. 어릴 때부터 도서관을 이용하며 꿈을 키웠고 독서를 통해서 얻은 아이디어로 세계적인 컴퓨터 프로그램 전문가가 된 것이다. 그는 1997년 '게이츠도서관재단'을 설립하고 미국에서 도서관에 기부한 사람으로는 기부된 금액 중 최고액인 2천만 달러를 기부하였다.

또한 미국의 토크쇼 진행자 오프라 윈프리도 책을 읽었다. 그녀는 자신이 불우했던 어린 시절을 이겨 낼 수 있었던 것은 책이 없었다면 불가능했을 것이라고 말했다. 위인의 이야기가 담긴 책을 보면서 꿈과 희망을 키우며 흑인이라는 인종적 콤플렉스를 벗어날 수 있었다는 것이다. 북 클럽을 조직해 책 읽는 문화운동을 조성하고, 일주일에 두 번은 유명한 저자를 자신의 쇼에 출연시키면서 많은 사람들에게 책 읽기의 중요성을 강조하고 있는 오프라 윈프리 그녀의 희망은, 미국을 다시 책 읽는 나라로 만드는 것이다.

빌 클린턴 전 미국 대통령은 "책이 자신의 인생에 미친 영향은 지대하다."며 대통령 재임시절에는 연간 60~100권, 대통령 재임 이외의 시기에는 연간 200~300권의 책을 읽었다고 밝혔다.

현대 사람들은 책 읽기를 소홀히 하고 있다. 바쁘다는 핑계로 독서하지 않는다. 그러나 열심히 독서하고 회사를 경영하는 CEO가 있다. 독서를 통하여 회사의 경쟁력을 높이는 사장이다. 이른바 독서경영을 하는 CEO를 말한다. 우리는 책을 읽어야 한다.

21세기 교육에 있어서 중요한 것은 (1) 알기 위한 학습(Learning to Know), (2) 행하기 위한 학습(Learning to do), (3) 존재하기 위한 학습(Learning to be), (4) 함께 살아가는 법을 익히는 학습(Learning to live together)이다.

교사는 이러한 학습 방법을 알아야 한다. 교사는 이러한 학습 방법을 익히기 위하여 독서를 통하여 자기교육(self education)을 해야 한다. 교사의 자기교육 방법 중에서 독서가 가장 효율적이다.

독서가 중요하다. 읽으면 행복하고, 독서하면 창의력이 길러지며, 독서하면 학력이 증진된다. 독서는 치료의 효과가 있다. 독서하면 Leader가 되기 때문이다.

학생은 학생을 이해(Understanding)하는 교사, 학생을 사랑(Love)하는 교사, 학생을 격려(Encouragement)하고 칭찬(Praise)하는 교사, 스스로 모범(Modeling)을 보이는 교사, 잘 가르치는(Effective teaching) 교사를 좋아한다.

교사는 교육에 관한 책, 건강에 관한 책, 재테크에 관한 책, 처세술에 관한 책, 아동에 관한 책을 읽으면 좋을 것이다.

도서관의 미래는 장서이다

곡천 이만수

도서관이란, 도서(圖書/책), 관(館/집), 즉 글자 그대로 풀이하면 '책의 집, 도서를 모아둔 집'이다. 도서관법에는 "도서관자료를 수집 · 정리 · 분석 · 보존하여 공중에게 제공함으로써 정보이용 · 조사 · 연구 · 학습 · 교양 · 평생교육 등에 이바지하는 시설"이라고 정의하고 있다.

'도서관자료'란 인쇄자료, 필사자료, 시청각자료, 마이크로형태자료, 전자자료, 그 밖에 장애인을 위한 특수자료 등 지식정보자원 전달을 목적으로 정보가 축적된 모든 자료로서 도서관이 수집 · 정리 · 보존하는 자료를 말한다.

도서관 장서의 힘이 회복되어야 한다. 도서관 장서는 도서관의 미래인 것이다. 도서관의 미래는 장서이다. 도서관은 장서 구축이 중요하다.

정말
없는
바보

Part 4

대학 졸업장보다
독서습관이
더 중요하다

대학 졸업장보다는 독서하는 습관이 더 중요하다

"하버드대 졸업장보다 독서하는 습관이 더 중요하다."

엄청난 독서가로 알려진 빌 게이츠가 한 말이다. 그가 세계 최고의 부자가 되고 정보화 시대의 영웅이 된 것은 우연이 아니라 독서의 산물인 셈이다. 싱가포르의 대부로 알려진 리콴유 전 수상은 청년시절 부두에 나가 새로 수입되는 신간 서적을 기다릴 정도로 독서광이었다고 한다. 그는 매일 래플스 도서관에서 밤을 새울 정도로 새로운 정보에 탐닉했다고 하니 오늘의 싱가포르는 독서의 결과인 셈이다. 나폴레옹은 52년 동안 8천 권의 책을 읽었다고 한다. 그가 섭렵한 책의 범위는 역사, 지리, 여행기, 시, 희곡, 미술, 과학, 종교 등 동서고금을 총망라한 것이었다. 그가 이집트 원정을 떠날 때 1,000권의 책을 배에 실었다고 하니 그의 독서습관을 짐작할 만하다. 세계에서 가장 영향력 있는 여성인 오프라 윈프리는 "독서가 내 인생을 바꿨다."고 거침없이 말한다. 어린 시절 뒤틀린 자신의 삶을 바로 세우기 위해 얼마나 독서에 매진했던지 그녀의 전기 작가는 "오프라는 도서관 카드를 소유하는 것을 마치 미국 시민권을 얻는 것처럼 생각했다."고 기록하였다.

인류에 빛을 남긴 위대한 인물들은 다 독서광들이었다. "왔노라, 보았노라, 이겼노라."로 유명한 율리우스 카이사르의 탁월한 문장력과 뛰어난 전략은 독서의 산물이었다. 에디슨의 발명품들도 실험의 결과만은 아니다. 오히려 시립 도서관에서 살다시피 했던 그의 경력의 산물이었다. 베토벤이 청각장애를 극복하고 더 깊고 넓은 음악세계를 구축할 수 있었던 것은 순전히 책의 힘이었다. 설교의 제왕으로 불리는 영국의 찰스 스펄전 목사의 서재에는 3만 권의 책이 있었다고 한다. 그의 감동적인 설교는 성경과 책의 합작품이었다.

1. 어떻게 하면 자녀에게 독서하게 할까?

어떻게 하면 자녀들에게 책을 읽도록 할 것인가? 쉬운 일이 아니다.

자녀들이 스스로 독서할 수 있도록 동기유발을 해 주고, 독서환경을 만들어 주는 것이다.

첫째, 부모가 책 읽는 모습을 자녀에게 보여 주기를 바란다.

부모는 거실에서 TV를 보고 있으면서, 자녀보고는 공부하라고, 방에 들어가라고 소리친다. 자녀들은 할 수 없이 들어가기는 하지만, 과연 공부가 될까? 눈앞에 TV만 아른거리고 공부가 되지 않을 것이다. 과감하게 TV를 끄고, 꼭 보고 싶으면 녹화를 해서 보면 될 것이다.

자녀들은 부모님의 책 읽는 모습을 보고 따라 하게 된다. 자녀가 어릴 때에는 부모가 직접 책을 읽어 주자. 유럽에서는 Bedtime Reading이라 하여 아이가 잠들기 전에 부모가 책을 읽어 준다. 이것은 마치 어릴 때에 우리 어머니가 자장가를 불러 주는 것과 같은 이치이다.

자녀는 무엇이든 부모와 함께하는 것을 좋아한다. 자녀와 함께 책 읽는 모습이 얼마나 아름다운가!

둘째, 자녀와 같이 도서관에 간다.

자녀들이 다니는 학교에는 학교도서관이 있다. 자녀들

이 학교에서 도서관을 이용할 수 있도록 지도해야 한다. 그리고 여러분들이 있는 곳에는 공공도서관이 있다. 의정부에는 의정부시립도서관, 동두천에는 동두천시립도서관, 양주에는 양주시립도서관, 포천에는 포천시립도서관이 있다. 토요일 오후나 일요일, 공휴일에 자녀 손을 잡고 공공도서관에 가자. 그 도서관에는 부모들과 어린이들이 같이 이용할 수 있는 별도의 시설이 있다. 어린이, 청소년, 주부독서회가 조직되어 있다. 회원으로 활동하는 것도 좋다.

브라질의 쿠리치바 시에는 수십 개의 작은 도서관에 '지혜의 등대'가 있다. 즉, 많은 도서관 건물에 등대 모양을 만들어 멀리서도 볼 수 있도록 해 놓고, 학생들과 지역주민들을 기다린다. 저녁 9시까지 불이 켜 있으며, 불이 꺼지면 도서관 문이 닫히는 것이다. 쿠리치바 시민들에게는 그 등대가 도서관과 독서의 상징이다. 그들의 마음속에 항상 도서관이 살아 있다. 그 속에서 주말이면 부모와 같이 손잡고 도서관에 가서 독서를 한다.

도서관에 가서 열심히 공부하는 모습을 보여 주자. 도서관에 비치된 다양한 종류의 책들도 보여 주고, 또 빌려 보면서 자녀에게 책 읽기를 생활화시켜 주자.

자녀들의 성적이 점점 향상할 것이다.

셋째, 자녀와 같이 책과 관련된 특별 행사에 참가한다.

예를 들면 대형서점에서 실시하는 작가와의 대화, 연예

인 사인회, 책 할인 판매, 전시회 등, 각종 행사에 참가하는 것이다.

4월 23일에는 해마다 '세계 책의 날' 행사가 개최되고 있다. 이날은 1995년 유네스코 총회에서 도서보급과 독서 장려를 위하여 정한 날이다. 세계적인 대문호 세르반테스와 셰익스피어가 서거한 날이기도 한다. 책의 날을 맞아 책과 만나자, 책과 즐기자 등 다채로운 행사를 개최하였다. 그리고 4월 12일부터 18일까지 한 주간이 도서관주간이다.

해마다 5~6월 초에 개최되는 서울국제도서전이 있다. "책을 펼치면 꿈이 열린다."라는 주제 아래 지난 6월 4~9일까지 서울의 코엑스 태평양관에서 개최되었다. 서울국제도서전에 가면 신기한 책도 있다. 세계에서 가장 오래된 책도 있다. 작은 책도 있다. 어린이도서 코너에는 사람들이 제일 많다. 한번 가 보자.

매년 9월 독서의 달은 도서관 및 독서진흥법에 의하여 반드시 실시하여야 하는 국가적 행사이다. 공공도서관에서는 독서의 달에 가족문학의 밤, 학생 시화전 개최, 책 바꿔 가기 장터 운영, 독후감 공모와 시상, 자녀독서지도 특강, 다독자 및 모범이용자 시상 등 다양한 행사를 한다.

매년 10월 11일은 책의 날이다. 이날은 팔만대장경이 완성된 날이다. 대한출판문화협회가 각계의 의견을 모아 제정한 날이다. '책의 날'은 찬란한 우리 출판문화의 전통을 다시 한번 국내외에 널리 알리고 세계사의 주역으로 나서기 위한 각오를 새롭게 다짐하는 날이라고 보면 된다. 학생들은 밸런타인데이, 화이트데이는 아는데, 책의 날은 모른다.

넷째, 집 안에서 책을 자녀 눈에 띄는 곳에 둔다. 자녀들이 언제나 책과 친구처럼 지낼 수 있도록 한다. 거실에도, 식탁에도, 침대에도, 화장실에도, 승용차 안에도 책을 두는 것이 좋다.

다섯째, 독서에 관심을 갖도록 하는 방법이다. 관심을 갖게 하는 방법은 흥미, 상과 벌, 경쟁과 협동이다.

(1) 흥미(興味)이다. 다시 말하면 재미가 있어야 한다. 책의 내용이 재미있어야 하고, 독서하는 방법이 재미있어야 한다. 역시 재미있는 책이 독서를 가능하게 한다.

(2) 상(償)과 벌(罰)이다. 즉 칭찬과 격려, 꾸중이다. 잘하면 칭찬하고 용돈을 주고, 잘못하면 약속한 대로 꾸중하고, 벌을 주는 것이다. 벌에는 덕벌(德罰), 지벌(知罰), 체벌(體罰)이 있다. 덕벌은 거실이나 방 청소하기, 쓰레기 버리기, 설거지하기 등 도덕적인 면으로 벌을 가하는 것이다. 지벌은 과제를 부과하는 방법이다. 외우기, 쓰기, 조사해 오기, 책 2권 읽기 등 과제를 부과하는 것이다. 체벌은 신체에 물리적인 힘을 가하는 것이다. 가능하면 체벌은 금해야 하지만, 체벌을 할 때에는 미리 약속을 하고, 학생이 인정할 때 효과가 있다. 일반적으로 상이 벌보다 효과적이다.

(3) 경쟁(競爭)과 협동(協同)이다. 다시 말하면 누가 누가 잘하나 서로 비교하거나 협동하게 한다. 언니와 동생, 오빠와 동생, 누나와 동생을 비교하는 것이다. 협동하여 조사하거나, 협동하여 해결하는 것이다. 일반적으로 협동이 경쟁보다 좋다.

여섯째, 책을 상으로 준다. 설이나 추석에 혹은 어른들이 용돈을 줄 때 책을 사 주거나, 도서상품권을 주는 것이 좋다. 물론 청소년들은 현금을 좋아하지만, 현금과 함께 책을 선물하는 풍토를 만들면 좋겠다. 필자에게는 6명의 친한 친구가 있는데, 설·추석 명절과 스승의 날에 찾아뵙는 은사님이 계신다. 설에 세배하러 갈 때마다 선물을 주셨는데, 도서상품권이다. 이 선물이 오늘날 7명의 제자들이 어떤 친구는 교수로, 교장으로, 교감으로, 은행지점장으로, 사업가로 성장하게 한 동기가 아닌가 생각해 본다.

일곱째, 책을 읽고 난 후에는 자녀와 이렇게 대화하며 지도한다.

내용 중 인상 깊었던 점을 물어본다. 등장인물 중 누가 기억에 남는지 물어본다. 기억에 남는 그림과 이유를 물어본다. 친구들과 읽은 책에 대해 이야기를 나누도록 지도한다. 더 알고 싶은 것이 있으면 다른 자료나 책을 찾아보게 한다. 새롭게 깨달은 것이 있으면 생활에서 실천해 보도록 지도한다. 물론 많은 훈련이 필요하다. 반복해서 실시하면 좋은 효과가 있을 것이다.

　마지막으로 책을 읽은 후에는 독서기록을 하는데, 독서카드나 독서노트를 쓰게 한다. 독서감상문을 잘 쓰기 위해서는 먼저 독서기록이 필요하다. 독서기록은 여러 가지 방법이 있으나, 가장 기초적인 서명 쓰기, 지은이 쓰기로부터 독서카드나 독서노트 쓰기가 있다.

2. 독서를 좋아하는 학생으로 기르자

독서는 '책 읽기' 혹은 '글 읽기'이다. 독서는 단순히 남의 지식이나 정보를 받아들이는 데 그치는 것이 아니다. 말하기, 읽기, 쓰기, 듣기의 종합적 활동이 포함되는 창조적 과정이다. 독서를 통하여 내가 보지 못한 세계를 볼 수 있고, 내가 느끼지 못한 세계를 느낄 수 있으며, 내가 알지 못하는 세계를 알 수 있다.

독서교육을 독서 전 교육과 독서 중 교육 그리고 독서 후 교육의 3단계로 나누어 생각할 수 있다.

학생들에게 책을 읽히는 이유는 우리가 살아가는 데 필요한 기초기능인 상상력, 창의력, 추리력, 비판력, 판단력과 사고력을 길러야 하기 때문이다. 또 하나의 이유는 독서와 학력의 관계 때문이다. 학습부진의 20% 정도는 독서력 문제에서 기인하며, 지능과 독서능력과의 관계는 정비례하고, 학업성취와 성격발달에 독서가 많은 영향을 준다고 한다.

독서를 좋아하는 학생으로 기르는 방법을 요약하면 다음과 같다.

- 선생님들은 학생들에게 책 읽는 모습을 보여 준다.
- 책에서 얻은 정보를 학생과 함께 나눈다.
- 읽고 있는 책에 대해 서로 이야기한다.
- 읽을 것을 항상 가까이 두도록 지도한다.
- 교실에 읽을 것이 넘치게 한다.
- 외출할 때도 항상 책을 가지고 다닌다.

- 여행할 때도 책을 가져간다.
- 책을 상으로 준다.
- 학교도서관 담당 사서에게 독서와 관련된 심부름을 시킨다.
- 잡지나 어린이 신문을 구독한다.
- 일가친척 등 가족에 대한 스크랩북을 만든다.
- 학교도서관, 공공도서관 방문을 습관화한다.
- 서점의 특별 행사를 활용한다.
- TV와 영화로 나온 책을 읽게 한다.
- 방학 중에 독서할 프로그램을 짠다.
- 읽은 책에 대해서 독서카드 또는 독서노트를 작성한다.

3. 독서감상문은 어떻게 쓸까?

독서감상문에 써야 할 것은

(1) 읽은 책의 이름

(2) 책을 읽게 된 이유

(3) 지은이와 그 때의 모습

(4) 주인공과 주인공의 업적

(5) 전체적인 대강의 줄거리

(6) 읽은 후의 느낌

(7) 나에게 준 가르침

(8) 본받을 점과 나의 생각이다.

독후감이란 글을 읽고 그 책을 통해 느낀 인상이나 감동, 의견 등을 기록하는 글이다. 그리하여 그 독서 행위의 결과를 잊지 않도록 저장하여 기록하는 글이기도 하다.

독서감상문 쓰기는 책을 읽고 느낀 점이나 자기의 생각을 정리하여 글로 쓰는 훈련이다. 책의 내용과 읽는 과정에서의 감동을 오랫동안 간직하게 하기 위해서는 정직하게 잘 정리하여 기록해 두어야 한다. 어린 시절에 좋은 책을 읽고 독후감으로 기록하는 습관은 어떤 교육과도 비교할 수 없는 중요한 학습 활동이다. 그 과정에서 깊이 있는 사고력과 논리적 진술 능력이 길러지고 인간다운 품성을 가꾸게 된다. 이는 매우 중요한 인성교육 방법이다.

독서감상문의 형식에는 편지 형식, 주제가 만들기, 독서 감상화, 역할극 하기, 이야기 바꾸기, 인터뷰하기, 뒷이야기 꾸미기, 시 형식, 퍼즐 만들기, 기행문 형식, 독서 퀴즈, 조사보고문 형식, 광고로 나타내기, 만화로 나타내기 등이 있다.

일반적으로 독서감상문을 쉽게 쓰는 방법을 소개하면 다음과 같다.

(1) 제목은 어떻게 쓸까?
① 책 이름을 그대로 쓴다.
- 피노키오
- 피노키오를 읽고
② 재미있는 제목을 붙이자.
- 사귀고 싶은 네 자매(「작은 아씨들」을 읽고)
- 참다운 우정이란 무엇일까?(「쿠오레」를 읽고)
- 계모라고 다 나쁜 사람일까?(「장화와 홍련」을 읽고)

(2) 첫머리는 어떻게 쓸까?
① 자기의 독서 습관을 쓴다.
② 책을 읽게 된 동기를 쓴다.
③ 중심 내용을 먼저 소개한다.
④ 여러 가지 사건을 소개한다.

⑤ 지은이, 책의 특징, 줄거리, 주인공의 업적, 주위 사람의 이야기 등을 쓴다.

(3) 생각과 느낌을 어떻게 담을까?

① 중심 이야기에 느낌을 넣자.
② 주인공의 훌륭한 점과 나의 행동을 비교하자.
③ 전체의 내용 중에 하나의 이야기를 중심으로 쓰자.
④ 인물의 행동, 줄거리, 문제 해결, 실패 또는 성공의 원인 등을 비판해 보자.
⑤ 가장 재미있는 이야기에 생각을 넣자.
⑥ 내가 주인공이 되었을 때를 상상하여 본다.

(4) 끝맺음을 어떻게 쓸까?

① 자기의 생각을 정리한다.
② 자기의 결심을 밝힌다.
③ 책을 읽고 깨달은 점을 쓴다.
④ 글의 내용을 간추려 본다.

독서감상문을 쓰고 난 사후지도는 다음과 같이 하는 것이 좋다.

(1) 쓴 독서감상문에 대하여 서로 읽어 보거나, 서로의 의견을 나누고, 다시 생각하는 기회를 갖는다.

(2) 동일한 작품을 쓴 몇 개의 감상문을 중심으로 이야기하거나 토론하는 등 집단적 독서지도를 한다.

(3) 우수한 감상문은 문집을 만들거나, 방송을 하거나, 학급게시판에 게시하거나, 홈페이지에 실어 알린다.

(4) 독서감상문을 잘 쓴 학생들에게 책 선물을 한다.

4. 책을 사랑하자

4월 23일이 무슨 날일까? 언뜻 떠오르지 않을 것이다. 이날은 세계 책의 날(world book day)이지만 그 의미를 제대로 아는 학생이 얼마나 될까? 그러나 출판, 독서관련 단체와 미디어들은 각종 이벤트를 통하여 분위기를 띄우고 있다. 어쨌든 반가운 일이 아닌가.

세계 책의 날은 1995년에 유네스코가 제정한 날이다. 스페인의 카탈루냐 지방에서 전통적으로 책을 사는 사람에게 꽃을 선물했던 성 조지의 날(St. George's Day)에서 유래하였다고 한다. 특히 이날은 세계의 대문호 셰익스피어와 세르반테스가 서거한 날이기도 하다. 아직 우리에게 생소하지만 이미 다른 나라에서는 '책 읽기를 서로 권하는 날'로 다양한 '책의 축제'가 개최되고 있다. 영국에서는 이날의 행사에 참여하는 학교와 도서관이 수천 개에 이르고 있다고 한다. 그리고 스페인은 사랑하는 이에게 지성의 상징인 '책'과 아름다움의 상징인 '붉은 장미'를 선물하는 전통이 자리잡은 지 오래되었다고 한다.

이날에 우리는 '나만의 책 읽기'에 그치지 말고 책을 통한 '나눔의 실천'을 하자. 책을 사서 선물하고, 선물 받아 읽은 책을 자신의 모교인 학교도서관에, 자신의 고장에 있는 공공도서관에, 자신의 대학도서관에 기증하여 친구와 이웃과 더불어 책 읽는 나눔을 갖자. 책의 날은 전 세계가 함께하는

'독서 운동의 날'이다.

10월 11일은 무슨 날일까? 우리나라 책의 날이다. 매년 10월 11일은 우리나라 책의 날이다. 이날은 팔만대장경이 완성된 날이다. 대한출판문화협회가 각계의 의견을 모아 제정한 날이다. 책의 날은 찬란한 우리 출판문화의 전통을 다시 한번 국내외에 널리 알리고, 세계사의 주역으로 나서기 위한 각오를 새롭게 다짐하는 날이라고 보면 된다. 학생들은 밸런타인데이, 화이트데이는 아는데 책의 날은 모른다. 이와 같은 책과 독서, 도서관에 관한 행사를 알고 지도하면 좋을 것이다.

책 읽는 문화가 성숙되어야 민족과 사회가 부강해지고 국민의 문화 복지가 향상되는 것이다. 이날을 기리기 위하여 한 주일 동안이라도 텔레비전을 끄자. 인터넷에서 손을 떼고 책을 들자. 책 든 손 귀하고 읽는 눈 빛난다. 책은 우리에게 소중하다. 찬란한 문명을 창조해 낸 지식과 정보가 그 속에 응축되어 있기 때문이다.

인류는 책을 통하여 얻은 지식으로 지금의 문명을 건설하였다. 책은 인간의 상상력과 사유, 그리고 철학, 문화가 응집된 결과물이다. 책은 지식을 전달해 줄 뿐 아니라 우리에게 대화와 이해, 관용을 가르쳐 준다. 또한 우리는 책에서 갈등과 증오를 해결하는 방법을 터득하게 한다.

올해는 친구와 함께 책 한 권을 나눔이 어떨까. 따스한

봄날 캠퍼스 공원에서 다정한 친구끼리, 사랑하는 연인끼리, 사랑하는 제자와 존경하는 스승이, 함께 책 읽고 있는 모습을 상상해 보자. 이 얼마나 아름다운 모습인가. 책 읽는 사람이 참으로 아름답다.

내 연구실에는 책이 그득하다. 서가에 책이 쌓여 가고 있다는 것은 나에게 있어 더없이 행복한 일이다. 세상에 부러울 것이 없다고 할까? 책을 보면 괜스레 기분이 좋다. 오늘도 캠퍼스에서 책의 날을 다시 생각해 본다. 책 읽는 사람이 아름답다. 책과 더불어 미래를 여는 사람들이 되자. 책/더/미/여/사가 되자. 책으로 따뜻한 세상을 만들자. 책/따/세 하고 외쳐 본다.

5. 책 사는 날과 책 선물하는 날이 1년에 하루만이라도 있었으면

　4월 23일은 전 세계의 훌륭한 문학 작품과 작가들에게 경의를 표하기 위하여 유네스코(UNESCO)가 '세계 책과 저작권의 날'로 선포한 날이다.

　1995년 11월 15일 제22회 유네스코 총회에서는 독서의 즐거움을 일깨우고 인류의 사회적, 문화적 발달에 영향을 끼친 수많은 작가들과 그들의 작품을 기리기 위해 4월 23일을 '세계 책과 저작권의 날'로 정하였다.

　이날은 『햄릿』, 『오델로』의 작가인 영국의 대문호 셰익스피어가 태어난 날이며, 『돈키호테』의 작가인 스페인의 대문호 세르반테스가 세상을 떠난 날이기도 하다. 그러나 '세계 책과 저작권의 날'은 10년도 채 안 되는 짧은 역사이기 때문에 아직까지 많은 사람들이 그 중요성을 잘 모르고 있지만, 관심과 참여가 점점 증가하고 있다.

　우리나라는 1997년 4월 23일에 정보통신부에서 이날을 기념해 공모한 디자인 작품 최우수작을 기념우표로 발행하기도 했다. 그 밖에 서울국제도서전, 인쇄출판박람회, 북 페어, 메트로 북 메세, 해외 유명저자 초청강연회, 재고도서 공동 판매전, 독서캠페인 등의 대규모 행사도 매년 열리고 있다. 그러나 보다 많은 사람들이 생활 속에서 피부로 느낄 수 있는 날이나 행사가 되기에는 부족하다는 느낌이 든다.

필자는 이날을 '책 사는 날(Buy Book Day)' 또는 '책 선물하는 날(Present Book Day)'로 삼았으면 하는 마음이다.

일 년에 단 하루만이라도 모든 국민이 서점에서 책을 사고, 책을 선물하면 좋겠다. 부모와 자녀가, 스승과 제자가, 연인과 연인이, 친구와 친구가 책을 한 권씩 주고받는 날이 되었으면 좋겠다.

우리는 괴테의 『파우스트』를 읽으면서 독일을 배우고 독일의 사상을 접하고 독일의 문화를 느낄 수 있다. 이효석의 『메밀꽃 필 무렵』을 읽고 주인공 장돌뱅이 허 생원을 통하여 자연과 인연을 매개로 한 인간 내면의 애정을 나타내고 있음도 알 수 있다. 이처럼 책은 지식을 전파하고 보존하는 역할뿐만 아니라 세계 각국의 문화적 전통에 대한 상호 이해를 돕는 데 큰 역할을 하고 있는 것이다.

네덜란드의 위대한 철학자 에라스뮈스(Erasmus, Desiderius, 1466~1536)는 "약간의 돈이 생길 때마다 나는 책을 산다. 그렇게 하고 남는 돈이 있을 때, 비로소 나는 먹을 것과 입을 것을 산다."고 하였고, 영국의 시인 존 릴리(Lyly, John, 1554~1606)는 "금전이 충만한 가옥보다 책이 가득한 서재를 소유하라."고 충고하였다.

영국에서는 '세계 책과 저작권의 날'이 되면 지역사회나, 서점 또는 학교 단위로 어린이 중심의 독서 캠페인 행사가 다양하게 벌어지곤 한다고 한다. 그날을 중심으로 길게는 일주일 이상, 각지의 도서관과 초등학교에서 학부모까지 참여할 수 있는 연극, 시 낭송, 작가 초청 대담, 도서 전시회, 글짓기 등의 행사가 벌어지며, 그 밖에 각급 도서관이나 서점, 일반 가정 등에서 여분의 책을 기증받아 저개발 국가에 보내는 사업도 이날을 중심으로 전개되며, 공영방송 BBC도 이날을 위한 특별 프로그램을 제작 방영한다고 한다. 이뿐만 아니라, 북 토큰(Book Token)을 발행하여 행사 두 달 전쯤에 학교를 통해 영국과 아일랜드의 모든 어린이들에게 배포한다고 하니, 이 얼마나 보람 있고, 가슴 벅찬 일인가. 어릴 때부터 책을 가까이하고, 책을 친구 삼아 독서하는 영국 어린이들은 참으로 행복하리라.

이날에 우리는 '나만의 책 읽기'에 그치지 말고, 책을 통한 '나눔의 실천'을 하자. 책을 사서 선물하고, 선물 받아 읽은 책을 자신의 모교인 학교도서관에, 자신의 고장에 있는 공공도서관에, 자신의 대학도서관에 기증하여 친구와 이웃과 더불어 책 읽는 나눔을 갖자.

책의 날은 전 세계가 함께 하는 '독서 운동의 날'이다. 책 읽는 문화가 성숙되어야 민족과 사회가 부강해지고 국민의 문화 복지가 향상되는 것이다.

Part 5

독서하는
사람이
지도자가
된다

독서하는 사람이 지도자가 된다

•

      오늘날은 정보사회이다. 지식사회이다. 지식정보사회, 지식기반사회이다. 즉, 그 무엇보다도 정보와 지식이 가치를 갖는 사회이다. 미래 학자 앨빈 토플러는 오늘날을 제3의 물결, 즉 "컴퓨터 및 정보통신 혁명"이라고 하였다.

    그러면 정보사회, 지식사회 다음에 다가오는 사회는 무엇일까?

    바로 '꿈의 사회(Dream society)'이다. 꿈의 사회에서는 상품을 사고파는 것이 아니라 상품에 든 꿈을 사고팔게 된다. 꿈은 '이야기'이고 '문화'이다.

    다시 말하면 이미지이다. 현대사회를 지배하는 키워드는 '정보'지만, 다가오는 미래사회의 핵심 키워드는 무엇이 될까.

덴마크 미래학자 롤프 옌센(Rolf Jensen)은 정보사회 이후 인간사회는 궁극적으로 '꿈의 사회(dream society)'로 진보할 것으로 예측하였다. 꿈을 토대로 한 미래사회에서 새로운 경제의 원동력은 '정보'보다는 '이미지와 콘텐츠'가 될 것으로 전망하였다.

미래학자들은 앞으로 우리가 살아가는 환경이 '정보사회'에서 '꿈의 사회'로 변할 것이라고 예측한다. 단순히 많은 정보에 손쉽게 접할 수 있어서 편리한 사회가 아니라, 그 정보에 감성적인 '의미'를 부여하고 '꿈'을 불어넣는 사회가 될 것이라고 예측하였다.

미래학의 대부(代父)로 불리는 짐 데이토(Jim Dator · 73) 하와이대학교 미래전략센터 소장은 '드림 소사이어티'는 '꿈과 이미지'에 의해 움직이는 사회라고 정의하였다. 경제의 주력 엔진이 '정보'에서 '이미지'로 넘어가고, 상상력과 창조성이 핵심 국가 경쟁력이 된다는 것이다.

꿈과 의미를 불어넣는 작업은 '상상력'과 '창의성'에서 나온다. '상상력'과 '창의성'은 독서에서 나온다. 그래서 독서가 중요하다. 특히 어릴 때의 독서는 무엇보다 중요하다. 꿈과 희망을 주기 때문이다.

꿈이 없는 사회는 미래도 없다. 월드컵 4강의 꿈, WBC 4강의 꿈, 그리고 세계과학 4강의 꿈? 한국의 꿈은 하나둘 이루어지고 있다.

미래는 꿈을 가진 사람이 사회를 이끌어 갈 것이다. 삼성의 리더 이건희 회장은 "21세기에는 한 명의 천재가 10만 명을 먹여 살린다."고 하였다. 바로 책 읽는 영재가 이 사회를, 이 국가를 이끌어 갈 것이다. 또한 "중국은 쫓아오고 일본은 앞서가는 상황에서 한국은 샌드위치 신세"라고 말하면서 한국의 경제의 위기를 진단하고, 경고를 던지기도 하였다. 그리고 이건희 회장은 "21세기에는 품질 좋은 물건은 물론 마케팅, 디자인, 연구, 개발, 아이디어 등을 복합적으로 잘해야 살아남는다."고 하면서, 이른바 '창조경영'을 주장하기도 하였다. 또한 2012년 새해에는 일자리 창출과 투자를 강조하기도 하였다.

1. 독서는 중요하다

　지식기반사회에서 필요한 지식과 정보를 획득하는 가장
효율적인 방법은 독서이다. 21세기 정보사회를 이끌어 가
는 것 중에는 인터넷이 있다. 인터넷도 사람이 주체가 되어
움직인다. 즉, 첨단기술을 개발하는 아이디어는 인간의 두
뇌에서 나오는 것이다. 그러므로 결국 디지털 세계에서도
핵심은 창의력이다. 창의력의 기반에는 지적인 체험이 필
요하고, 그 지적인 체험을 쌓는 지름길이 바로 독서인 것이
다. 독서는 다음과 같이 중요하다.

　(1) 독서는 언어 발달을 가져온다.
　(2) 독서는 경험을 확대시킨다.
　(3) 독서는 사고력을 신장시킨다.
　(4) 독서는 즐거움을 준다.
　(5) 독서는 정서를 함양시킨다.
　(6) 독서는 청소년들의 성격형성에 지대한 영향을 미친다.
　(7) 독서는 바람직한 인간상을 형성시킨다.
　(8) 독서는 치료적 가치를 지닌다.

　흔히 말하기를 논술을 잘 쓰려면 3다를 실천해야 한다고
한다. 즉, 다독(多讀), 다작(多作), 다상량(多商量)의 구양수
가 말한 3多이다. 많이 읽고, 많이 쓰고, 많이 생각해야 좋

은 글을 쓸 수 있다는 것이다. 평소 무엇을 읽고 어떻게 생각하고 어떻게 써야 하는지에 대한 학습과 꾸준한 실천이 있다면 좋은 논술문을 작성할 수 있다는 것이다. 논술의 기초는 독서요, 독서토론이요, 글쓰기이다.

독서는 중요하다. "사람은 책을 만들고, 책은 사람을 만든다." 교보문고 창립자 고 신용호 회장님의 말씀이다.

책 속에 길이 있다. 책은 말 없는 스승이다. 독서는 마음의 양식이다.

2. 독서하면 지능이 높아진다

독서는 중요하다. IQ와 EQ가 높아진다. 독서가 중요한 이유는 독서와 학력의 관계 때문이다. 독서 능력과 학업 성취는 어떤 관계가 있을까? 이영석 교수의 연구에 의하면 "빠르고 정확한 독서 능력을 갖춘 학생은 많은 양의 정보나 지식을 보다 효과적으로 획득하고 있고, 반대로 독서 능력이 부족하거나 결여된 학생은 글을 읽는 속도, 어휘력이 부족하기 때문에 전부 읽었다 하더라도 그 내용을 정확히 파악하지 못하는 경우를 많이 볼 수 있다."고 하였다.

위티(P. A. Witty)와 코펠(D. Kopel)은 독서 능력과 지능과의 관계를 "지능과 독서 능력과의 관계는 정비례한다."고 하였다. 개인의 지적 행동의 기준은 사회적인 가치와 활동 가운데 나타나며, 독서 능력의 습득을 중시하고 이것을 지능이라 하는 개념 가운데 포함시키고 있다. 그러므로 독서는 지적 행동의 하나의 형태라 할 수 있으므로 정확한 독서 테스트는 적당한 지능테스트와 밀접한 일치를 나타낸다고 할 수 있다. 또한 게이츠(A. I. Gates)도 "읽기의 성공과 지능지수 사이에는 아주 높은 상관관계가 있다."고 지적하고 있다. 이처럼 독서능력의 발달과 지능적 요인과는 밀접한 관계가 있는 것이다.

서양의 학자에 의하면 학습부진의 20% 정도는 독서력 문제에서 기인한다고 주장하였다. 여러 학자들의 연구를 종합하면 학업성취와 성격발달에 독서가 많은 영향을 준다는 사실이다. 수학 영재도 책 읽는 습관을 통해 길러진다는 연구결과가 있다.

또한 수학 영재 홍지현 씨는 1년 동안 연극 144편을 보고, 희곡 100여 편을 읽었다고 한다. 그 결과 2007년 동아일보 신춘문예 희곡부문 최연소로 당선되었다.

3. Reader가 Leader가 된다

　책을 많이 읽어 훌륭하게 된 사람이 있다. 백독백습 세종대왕, 동경구상으로 유명한 독서광 고 이병철 회장, 책벌레 안철수 박사, 독서습관을 강조하는 빌 게이츠, 다독가 빌 클린턴 대통령, 신간을 다 읽는 독서광 리콴유 수상, 다독가 나폴레옹, 독서로 인생이 바뀐 오프라 윈프리, 기타 독서광 줄리어스 시저, 베토벤, 설교의 제왕 스펄전 목사 등이 있다. Reader가 Leader가 된다. 독서는 성공의 초석이다.

세종대왕　어릴 때부터 세종은 책을 많이 읽었다. 어린 시절 세종의 독서법은 '백독백습', 즉 100번 읽고 100번 쓰는 것이었다. 신하에게도 '사가독서'라 하여 일정한 기간 동안 집에서 쉬면서 책을 읽도록 하는 휴가제도를 만들기도 하였다.

故 이병철 회장　고 이병철 회장은 생전에 연말이면 일본 동경 서점으로 갔다. 이 회장은 독서광이다. 그는 기업경영에 관한 책과 하이테크에 관한 책을 구입하여 읽었다. 이른바 동경구상이라 하여 새로운 아이디어와 선진 외국의 기업 정보를 획득하여 오늘날의 삼성그룹과 삼성반도체, 삼성전자를 만들게 된 것이다.

안철수 박사 그는 어릴 때부터 책벌레, 독서광이었다. 책을 읽고 의사의 꿈을 꾸었다. 그는 국내의 최고 명문대학을 졸업하고 어느 대학병원의 의사요, 교수로 재직하다가, 컴퓨터바이러스 백신 전문가가 되어 세계적인 인물이 되었다. 한국의 대표적인 IT 기업가이자 교수이다.

빌 게이츠 세계 최고 부자인 빌 게이츠 회장은 "오늘날 내가 이렇게 된 것은 우리 마을 도서관이었다."라고 하였다. 그는 자기 마을의 자그마한 도서관에서 책을 읽으면서 꿈을 키워 오늘날 훌륭한 기업가가 된 것이다. 세계 최고의 재산가이기도 하고 많은 불우한 이웃을 돕는 자선 사업가이기도 하다. 그는 "하버드대 졸업장보다 독서하는 습관이 더 중요하다."고도 하였다. 컴퓨터와 독서에 미친 그는 하버드 대학을 중퇴하고 컴퓨터 프로그램 연구에 몰두하였다. 그가 세계 최고의 부자가 되고, 지식기반 사회의 영웅이 된 것은 우연이 아니라 독서의 산물이라 할 수 있다.

빌 클린턴 대통령 빌 클린턴 전 미국 대통령은 책이 자신의 인생에 미친 영향은 지대하다며 대통령 재임 시절에는 연간 60~100권을 읽었고, 대통령 재임 이외의 시기에는 연간 200~300권의 책을 읽었다고 밝혔다.

리콴유 수상　싱가포르의 대부로 알려진 리콴유 전 수상은 청년시절 부두에 나가 새로 수입되는 신간 서적을 기다릴 정도로 독서광이었다고 한다. 그는 매일 래플스 도서관에서 밤을 새울 정도로 새로운 정보에 탐닉했다고 하니 오늘의 싱가포르는 독서의 결과인 셈이다.

나폴레옹　나폴레옹은 52년 동안 8천 권의 책을 읽었다고 한다. 그가 섭렵한 책의 범위는 역사, 지리, 여행기, 시, 희곡, 미술, 과학, 종교 등 동서고금을 총망라한 것이었다. 그가 이집트 원정을 떠날 때 1,000권의 책을 배에 실었다고 하니 그의 독서습관을 짐작할 만하다. 그는 성서를 단순한 책이 아니라 반대하는 모든 것을 정복하는 능력이 있는 생명체라고 말하였다고 한다.

오프라 윈프리　미국 토크쇼 진행자로 세계에서 가장 영향력 있는 여성인 오프라 윈프리는 "독서가 내 인생을 바꿨다."고 거침없이 말한다. 어린 시절 뒤틀린 자신의 삶을 바로 세우기 위해 얼마나 독서에 매진했던지 그녀의 전기 작가는 "오프라는 도서관 카드를 소유하는 것을 마치 미국 시민권을 얻는 것처럼 생각했다."고 기록하였다.

찰스 스펄전 목사　설교의 제왕으로 불리는 영국의 찰스 스펄전 목사의 서재에는 3만 권의 책이 있었다고 한다. 그의 감동적인 설교는 성경과 책의 합작품이었다. 그는 『천로역정』을 100번이나 읽었다. 그는 독서법을 "철저하게 읽어라. 몸에 흠뻑 밸 때까지 그 안에서 찾아라. 읽고 또 읽고 되씹어서 소화해 버려라. 바로 여러분의 살이 되고 피가 되게 하라. 좋은 책은 여러 번 독파하고 주를 달고 분석해 놓아라."라고 소개하였다.

기타 인류에 빛을 남긴 위대한 인물들은 다 독서광들이었다. "왔노라, 보았노라, 이겼노라"로 유명한 율리우스 카이사르의 탁월한 문장력과 뛰어난 전략은 독서의 산물이었다. 에디슨의 발명품들도 실험의 결과만은 아니다. 오히려 시립 도서관에서 살다시피 했던 그의 경력의 산물이었다. 베토벤이 청각장애를 극복하고 더 깊고 넓은 음악세계를 구축할 수 있었던 것은 순전히 책의 힘이었다.

4. 책 읽는 교사가 Leader이다

　학생은 어떤 교사를 좋아할까? 학생을 이해(understanding)하는 교사를 좋아한다. 학생들은 자기의 나름대로 신체적, 지적, 사회적, 정서적인 특성, 필요, 욕구를 갖고 있으며, 개별적으로 자신만의 삶과 환경을 갖고 있다. 청소년들은 가정과 가족, 학교생활과 학업, 인생 설계와 진로, 친구와 우정 등 여러 방면에서 고민한다. 또한 부모의 지나친 기대, 상급학교 진학에 대한 중압감, 자존감(self-esteem)의 결핍 등의 제반 문제 등에서 심각하게 갈등하고 있다. 학생들을 이해하는 교사만이 그들을 가르칠 수 있고, 교수의 열매를 얻을 수 있다. 학생들의 발달과정을 이해하고, 그들의 신체적, 지적, 정서적, 사회적 특성과 욕구와 필요를 이해해야만 한다. 또한 학생의 개인적인 갈등과 고민을 알고, 공감하며 그들을 도울 수 있어야 한다. '위'가 아니라 '아래'에, '교사의 입장'이 아니라 '학생의 입장'에 서는 것이 이해(understanding)하는 것이다.

　학생을 사랑(love)하는 교사를 좋아한다. 어린이들은 많은 교사나 부모들로부터 사랑과 관심을 요구하는 시기이다. 청소년기는 스탠리 홀(Stanley Hall)의 표현대로 "질풍노도의 시기"이다. 청소년기는 어른과 아이의 중간기로서 감정의 변화가 심하고, 여러 가지 문제들을 노출시키게 된다. 이 시기는 가장 사랑이 필요한 시기임에도 불구하고 부모의 관심으로부터 떠나 있으며, 경쟁 교육 아래에서 친구들과 사랑과 비전을 나누지 못하고 있다. 교사는 자기 자녀와 같이 학생들을 사랑해야 한다.

학생을 격려(encouragement)하고 칭찬(praise)하는 교사를 좋아한다. 교육은 학생들이 배우고자 하는 동기부여가 적절히 주어졌을 때 가장 효과적인 결과를 가져온다. 학생들이 교사나 부모로부터 신뢰를 받고, 격려받을 때 놀라운 성취를 얻게 된다. 지능지수(IQ)보다 더욱 중요한 것이 성취 의욕(motivation quotient)이다. 교사의 격려와 칭찬으로 학생들은 학습에 자신을 얻으며, 자신감 넘치는 사람이 된다. 교사는 그들의 말을 들어주고, 그들의 가치를 인정해 주며, 다른 사람과의 관계를 소중히 여기도록 격려함으로써, 그들을 자신감 넘치는 청소년으로 키울 수 있다. 칭찬은 우리를 행복으로 이끄는 안내자이다. 우리 모두 칭찬하자. 칭찬은 모든 것을 새롭게 하고, 세상을 긍정적으로 보게 하며, 칭찬은 모든 것을 가능케 하며, 칭찬은 모두에게 행복을 안겨 준다.

평범하고 하기 쉬운 칭찬부터 시작하자. "칭찬은 고래도 춤추게 한다."는 말이 있는 것처럼 칭찬은 아이뿐만 아니라 어른에게도 "귀로 듣는 보약"과도 같다. 칭찬의 시작은 가장 하기 쉬운 칭찬부터 실천에 옮기는 것이다. 아이가 매번 잘해 오던 일이어서 당연히 그러려니 했던 일부터 하나하나 칭찬하는 것이 중요하다. 칭찬을 할 때는 구체적으로 이유를 말해 주는 것이 중요하다. 성공한 결과보다는 과정을 칭찬한다. 칭찬리스트, 칭찬노트를 만들어 본다. 즉시 칭찬한다. 칭찬에도 적절한 타이밍이 있다. 아이가 칭찬받을 행동을 했을 때 즉시 칭찬을 해 주는 것이 가장 좋고 효과도 크다. 스스로 한 일에 대해서는 더욱 많이 칭찬한다.

칭찬을 많이 하려는 이유 중의 하나는 아이가 스스로 할 일을 하게 하려는 데 있다. 그러므로 교사가 아이에게 시키지 않았는데 교사가 원하는 행동을 스스로 알아서 했을 때에는 더욱 많이 칭찬해 주는 것이 필요하다. 이는 아이에게 건강한 생각이 자라고 있다는 증거이기도 하므로 최고의 찬사를 해 주어도 아깝지 않다.

스스로 모범(modeling)을 보이는 교사를 좋아한다. 교육의 초보는 모범이다. 학생들은 교실에서 듣고 배우지만, 그보다도 그들에게 더 큰 영향을 끼치는 것은 교사를 보고 배우는 것이다.

모범적인 교사는 본이 되는 교사이다. 교사의 말과 행동은 학생들에게 바로 전달된다. 그리고 오래오래 기억된다. 나는 초등학교 때 선생님의 모습이 제일 기억에 남는다. 청소 시간이면 창문을 열어 주시는 선생님, 아침마다 생수를 떠 오시는 선생님, 가끔 학교도서관에 오셔서 책을 읽으시는 선생님, 운동장에서 축구를 같이 했던 선생님, 모두가 지금도 기억난다. 존경받는 선생님은 매사에 학생과 같이 놀아 주고 같이 뛰며 스스로 모범을 보이는 선생님이다.

잘 가르치는(effective teaching) 교사를 좋아한다. 준비 (연구)를 많이 하는 교사, 재미있게 수업하는 교사, 적절한 교육매체를 사용하는 교사, 쉽게 가르치는 교사, 학생 중심 으로 수업을 전개하는 교사, 시범을 잘 보이는 교사, 정성 으로 가르치는 교사가 잘 가르치는 교사이다.

교사는 어떤 책을 읽어야 하나? 교육, 건강, 처세술, 재 테크, 아동에 관한 책을 많이 읽어야 한다.

교육에 관한 책을 읽자. 역시 교사는 교육 전문가이다. 그러므로 새롭게 쏟아지는 교육에 관한 이론서를 많이 읽 어야 한다. 또한 현장 교육에서 요구하는 강의법에 관한 책 을 읽어야 할 것이다.

건강에 관한 책을 읽자. 건강을 위해서 지켜야 하는 '1無 2小 3多'라는 말이 있다. 1무는 무연(無煙)이다. 즉 담배를 피우지 않는 것이다. 담배는 건강에 해롭다고 한다. 제일 나쁘다고 한다. 건강을 위해서 담배를 끊는 것이 좋겠다. 2 소는 소식(小食), 소주(小酒)이다. 즉 음식도, 술도 적게 먹 는 것이다. 적게 먹는 것은 몸에 좋다고 한다. 과식이 문제 이다. 과음이 문제이다. 3多는 다동(多動), 다접촉(多接觸), 다휴식(多休息), 즉 많이 움직이고, 많이 만나고, 많이 쉬라 는 것이다.

움직이는 것이다. 많이 움직이는 것이다. 걷는 것이 좋다 고 한다. 등산이 좋다고 한다. 무리한 등산보다 산림욕하면 서 걷는 것이 좋다고 한다. 맑은 공기와 햇빛 그리고 흙은 우리에게 건강을 준다고 한다. 친구를 만나고, 후배를 만나고, 지인을 만나야 한다. 만나서 대화하고 접촉하는 것이 좋다. 그리고 너무 바쁘니 좀 쉬라는 것이다. 하던 일을 멈추고, 잊어버리고 휴식하는 것이 좋다. 내일을 위하여 충전하는 것이 좋다고 한다.

처세술에 관한 책을 읽자. 교사는 리더이다. 리더는 자기 발전을 위한 책을 읽어야 할 것이다.

학교 현장에서 부딪치는 일에 통찰력과 지혜 그리고 인내, 유머 감각을 가지고 임할 수 있다면 자신뿐 아니라 다른 사람들에게도 보다 나은 하루를 선물하게 될 것이다. 교사가 창조적이고 생산적인 시간을 가질 수 있다면 그보다 좋은 삶은 없을 것이다.

나를 경영하는 사람이 성공한다는 말이 있다. 길고 긴 인생의 여정을 슬기롭게 헤쳐 나가기 위한 전략서는 교사가 읽어야 한다. 자신에게 주어진 시간을, 지식을, 건강을, 행복을, 그리고 인맥을 어떻게 경영할 것인가. 삶을 지배하는 실천적인 지혜를 가져야 할 것이다.

재테크(財-tech)에 관한 책을 읽자. 교육에만 매진하는 교사들에게는 노후대비라는 차원과 생활 속의 돈 관리라는 문제가 대두된다. 그러므로 돈 관리 노하우, 샐러리맨의 성공적인 내 집 마련과 부동산 투자를 위한 길잡이, 주식에 대한 기초적인 투자법 등 재테크 방법에 대한 책을 읽어야 한다.

아동에 관한 책을 읽자. 아동은 내일의 주인공이다. 하얀 종이와 같다. 이 종이에 무슨 그림이 그려질지는 아무도 모른다. 이렇게 순수하고, 무한한 가능성이 있는 아동에 관한 책을 읽어야 한다. 아동은 기초교육의 대상자이다. 기초교육은 매우 중요하다. 그러므로 아동을 알아야 한다.

성공한 사람들은 대부분 독서광이었다는 사실이다. 세계 2위의 부자인 워런 버핏은 하루의 3분의 1을 자료와 책을 읽는 데 쓴다. 세계 제일의 부자인 빌 게이츠의 어릴 적 별명은 책벌레였다. 부자들의 공통적인 특징은 '공부를 열심히 하는 사람들'이다. 큰 성공은 아니더라도 나름대로 자신의 분야에서 어느 정도 자리 잡은 사람들의 집에 가 보면 그들의 집에는 하나같이 평균적인 사람들보다 책이 많았다고 한다.

5. 독서하면 영재 되고 수재 된다

흔히 뛰어난 재주를 가진 사람을 영재라 하고, 머리가 좋고 재주가 뛰어난 사람을 수재라고 한다. 독서하면 뛰어난 실력을 갖게 된다. 그러니까 독서하면 꿈을 가진 영재가 되고 수재가 되는 것이다.

청소년들은 영재성을 타고난 가능성의 덩어리이다. 수학이나 물리, 언어, 예체능 분야 등에서 역사적으로 괄목할 만한 성취를 이루는 경우가 있다. 이때 우리는 '천재적'이라는 수식어를 붙인다. 즉 영재와 천재의 차이점은 영재는 가능성을 일컫는 것이고, 천재는 영재성의 결과물이라고 볼 수 있다. 그리고 수재는 후천적인 요소가 더 강한 경우라고 할 수 있다. 타고난 영재성은 별로 없는데, 노력에 의해서 탁월하게 공부를 잘하는 아이를 수재라고 부른다. 또 하나의 차이점은 영재나 천재는 자기만의 세계가 뚜렷하고 창의력이 뛰어난 반면, 수재는 외부에서 가르쳐 주는 것을 받아들이는 능력이 뛰어난 경우를 말한다.

영재의 개념이 달라지고 있다. 이전까지만 해도 영재는 '지능'만 보았다. 지능지수가 전체의 3~5%에 들면 '영재'라고 판정했다. 그러나 최근에는 영재의 개념이 달라지고 있다. 지능 위주로 평가하던 단일 차원에서 요즘에는 여러 가지 능력을 보는 다원적인 차원으로 바뀌고 있다. 지능과는 상관없이 어느 한 분야에서 평범한 아이들이 나타낼 수 없는 탁월한 기량을 발휘하면 그 아이는 영재라고 볼 수 있다.

즉, 미술 쪽이나 음악 쪽에 비범한 재주를 보인다면 그 아이는 미술 영재, 또는 음악 영재라고 불린다. 수학이나 과학도 마찬가지다. 이런 아이들은 어느 한 분야에서는 영재라는 소리를 듣지만 다른 분야에서는 그렇지 않을 수도 있다. 즉 수학 영재이기는 하지만 국어 쪽으로는 아무것도 알지 못하고 알려고 하지도 않는 경우도 있다.

그래서 예전에는 포괄적으로 뛰어난 아이들을 가리켜 '영재'라고 불렀지만, 요즘에는 '수학 영재', '음악 영재' 등 영재를 전문 분야로 나누어서 분류하고 있다.

예전엔 영재의 정의가 IQ로만 내려졌었다. 오늘날은 다양한 기준과 정의로 영재 개념이 바뀌고 있다.

청소년들이 책을 읽으면 영재 되고 수재 된다. 그리고 천재가 될 것이다. Leader가 될 것이다. 독서하면 Leader가 된다.

정말 없는
바보

Part 6

독서운동을
펼치자

독서운동을 펼치자

●

도서관 콘텐츠 확충과 책읽는사회만들기국민운동을 주도하는 도정일 문화개혁시민연대 공동대표는 일간신문 기자와의 인터뷰에서 "시대가 어느 땐데 책을 읽으라니, 고리타분하다고요? 천만에요. 정보화 시대는 책을 안읽어도 되는 시대를 뜻하는 게 아니에요. 정보화를 주도하는 선진국들이 과연 도서관 건립과 독서 권장을 소홀히 할까요? 결코 그렇지 않다는 걸 통계자료가 보여 주고 있어요. (중략) 책을 안 읽는 것도 문제지만, 책 읽기를 우습게 아는 사회적 분위기가 더 문제예요. 어쩌면 현대 사회는 사람들이 책맹이 되도록 부추기는지도 모르죠. 그래야 속이기가 쉬울 테니까요. 책맹이 되는 것은 개인적으로나 사회적으로나 대단히 위험한 일입니다. 기본이 허약한 사회는 결국 경박하고 천박한 사회로 도태되고 말아요. (중략) 책을 읽지 않는 사회에서는 결코 창조적인 문화가 생산될 수 없어요. 세계에서 가장 빠른 통신망을 개발하면 뭐합니까. 그 통신망으로 전달할 콘텐츠가 없는데. 독서야말로 지식산업사회를 준비하는 기본입니다. 결국 도서관 살리기 운동은 곧 나라 살리기 운동과 같지요."라고 주장하였다.

윤영희는 『일본 어린이 도서관에 다녀와서』라는 글에서 다음과 같이 소개하였다.

도서관까지 찾아가는 버스 안에서 안내책자를 읽어 보며, 가장 보고 싶었던 것이 '이야기의 집'이라는 공간이었다. 어린이도서관 한 모퉁이에 있는 '이야기의 집' 문 앞에는 주마다 오후 2시 30분~3시에 '책 읽어 주기' 프로그램을 진행한다는 팻말이 붙어 있다. 마침 간 날이 토요일이라 시간이 되기를 기다렸는데, 유아들을 데리고 온 엄마와 아빠들이 옹기종기 모여들었다. 2시 30분이 되자, 짙은 푸른색 앞치마를 두른 사서(이곳 사서들은 대부분 커다란 앞치마를 하고 있다)가 와서 '이야기의 집' 문을 드디어 열었다. 아이들은 익숙한 듯 신발을 벗고 안으로 들어갔는데 내부는 폭신한 카펫이 깔려 있어 무척 아늑했고 방음장치가 잘 되어 수런수런하는 바깥과는 완전히 차단되어 이야기에 빠져들 수 있었다.

'책 읽어 주기'는 사서 두 사람이 번갈아 가며 그림책을 두 권씩 읽어 주었는데, 내가 아는 책은 『목욕은 즐거워』 한 권이었지만, 콧수염을 기른 40대 아저씨 같은 사서가 읽어 주는 모습이 인상에 남았다. 유아들을 위한 이런 프로그램 말고도 초등학생들을 위해서는 '북 토크'라고 하는 독서토론도 이곳에서 한다고 한다.

이와 같은 일본도서관의 독서활동도 어린이를 위한 독서
운동의 하나이다.

1. 독서운동이란 이런 것이다

일반적으로 운동이라는 말은 영어로는 Movement 혹은 Campaign이라 표현한다. 운동이란 "어떤 목적을 달성하기 위하여 여러 방면에 적극적으로 활동하는 일"을 말한다. 우리가 그동안 많이 썼던 용어로는 새마을운동, 자연보호운동, 환경보호운동, 시민운동 등이 있다.

도서관에 관련한 활동으로 부천시의 책읽는도시 선포, 도서관운동, 공공도서관운동, 경기도좋은학교도서관만들기운동, 작은도서관운동, 학교도서관살리기운동, 전국양서보내기운동, 좋은책보내기운동, 전국공공도서관에 무료로 책갈피보내기운동, 도서관 콘텐츠 확충과 책읽는사회만들기국민운동, 대중도서관운동, 조선족학교사랑의도서보내기운동, 사이언스북스타트운동, 과학도서보내기운동, 사랑의 책모으기운동, 농어촌에 사랑의 도서보내기운동, 교회도서관만들기운동, 한국독서학회, 강남대학교한국독서생활연구회, 대진대학교독서문화연구회, 한국교회독서문화연구회, 독서문화연구소, 도서관운동연구회, 서울독서교육연구회, 어린이도서연구회, 책고리운동, 새마을문고중앙회, 좋은책읽기가족모임, 경남정보사회연구소, 간행물로 『독서문화연구』, 『시민과 도서관』(계간 도서관운동), 『독서교육정보』 등이 있다.

독서운동은 영어로는 a Reading Movement로 표현하며,

도서관 운동 중의 하나인 책 읽기 운동으로 "책에 관심을 갖게 하고 독서를 할 수 있도록 유도하기 위하여 펼치는 일체의 활동"이다.

캠페인(campaign)은 "어떤 정치적이나 사회적인 목적으로 문화단체 · 노동조합 · 출판 보도 관계자 등이 조직적이고 계속적으로 벌이는 운동, 즉 '일련의 사회적 운동'"을 말한다.

현대에는 캠페인에 의하여 그 언론성(言論性)이 가장 강력하게 발휘되지만, 여기에는 대중을 계몽하고 교육하는 긍정적인 면과 합리적인 판단을 그르치게 하고 여론을 동조하게 하는 부정적인 면이 있다. 캠페인이라는 말은 주로 신문이나 방송 등 언론에서 교통안전 캠페인 · 환경정화 캠페인 등으로 널리 사용하고 있다.

"연말연시 외롭고 쓸쓸한 국군장병이나 교도소에 책을 보내 줍시다."라는 독서캠페인도 독서운동의 일종이다.

우리나라의 대표적인 독서운동으로는 엄대섭이 설립한 마을문고보급회의 마을문고운동이며, 이후에 변경된 새마을문고중앙회의 새마을문고운동이다. 그리고 1993년부터 1997년까지 활발하게 추진했던 독서새물결운동이다. 이 운동은 독서새물결추진위원회에서 '93 출발의 해, '94 발전의 해, '95 확산의 해, '96 성숙의 해, '97 정착의 해로 정하고 5년 동안 『월간 출판문화』 특별부록으로 「독서새물결소식」을 월간으로 발행하는 등 학교, 직장, 도서관을 통하여 활발한 독서운동을 전개하였다. 그다음 소개할 수 있는 것은 대학생을 중심으로 전개하고 있는 한국독서문화연구회이다. 이회는 강남대학교 김승환 교수(현 강남대학교 명예교수)를 중심으로 설립된 독서문화운동 모임이다.

대학생활을 건전한 독서생활로 승화시키기 위하여 한국독서생활화연구회(RRR)란 명칭 아래 1984년 4월 10일에 그 첫 모임을 가진 뒤 독서활동을 꾸준히 계속해 왔다. 처음에는 독서를 통하여 자기 자신을 발견하고 대학생활을 풍부하게 하는 값있는 생활이었으나 여기에 만족하지 않고 국민 독서생활화 저변확대에 대한 계몽과 봉사활동은 물론 도서벽지의 청소년들에게 독서교육과 독서지도를 실시하게 되었다. 그 결과 30여 년이 되어 가는 오늘 너무나 방대해진 인적자원을 효율적으로 운영하기 위해 RRR과 관계되는 모든 이가 모여 더 거창한 또 하나의 독서활동을 다음과 같이 전개하기 위해 한국독서문화연구회를 설립하게 되었다. 설립 취지 및 목적, 사업은 다음과 같다.

(1) 설립 취지

자기 발전에 대한 기본은 자기철학에 있으므로 이 철학적인 사고를 정립시키기 위한 방법을 터득하는 행위가 독서생활에서 그 기틀을 찾을 수 있도록 국가와 사회는 독서에 대한 교육을 체계적으로 실시할 수 있는 최대한의 정책과 실행방법을 연구 실천해야 한다. 왜냐하면 국민들은 독서를 통한 정보의 획득으로 자기 자신을 계발하고 발전시킬 수 있으므로 정보사회에서는 독서가 하나의 도구가 되기 때문이다. 그러므로 국민들의 독서생활화는 국력의 향상이며 사회의 비전이다. 이제 독서문제를 떠나 살 수 없는 사람들이 모여 독서문화를 체계적으로 연구하고 효율적으로 실행하기 위해 한국독서문화연구회를 발족시킨다.

(2) 설립 목적

독서를 통하여 자기 자신을 찾고 또 자기 철학을 확립하는 것은 물론 이러한 독서활동을 이 사회에 자극하고 또 적극적으로 실천하는 것이 본 연구회의 설립 목적이다.

(3) 중요 5대 사업

① 독서문화연합캠프: 본 연구회 구성원 자신들의 독서 활동에 대한 능력을 기르기 위한 자체 연수교육 프로그램으로 독서문화연합 가족캠프를 실시한다.

② 독서캠프 프로그램연구: 독서교육을 효율적으로 실시하기 위한 독서캠프 프로그램을 단기 및 장기적으로 실시하는 방법으로 대상자에 따른 단계별 교육 방법과 독서캠프 이후 계속 지도에 대한 방법을 연구한다.

③ 독서캠프학교 운영 및 봉사활동: 각 계층을 대상으로 독서캠프학교를 운영하고 도서벽지의 청소년들에게 독서학교를 통한 봉사활동과 각 사회단체의 요청에

의한 독서캠프학교 운영을 실시한다.

④ 독서회 조직과 운영: 국민들의 계속적인 독서생활을 도와주기 위하여 각 계층별로 독서회를 조직하여 지원 육성시킨다.

⑤ 독서문화 연구 활동: 독서문화 발전을 위하여 연구발표, 독서자료 선정, 독서교육 연수, 독서자료개발 등을 연구 실행한다.

책읽는사회만들기국민운동은 정보·지식의 기반 시설과 내용을 확충하여 모든 시민이 평등한 지식 접근의 권리와 기회를 누리는 사회, 돈 없는 시민도 원하면 누구나 책을 읽을 수 있는 사회, 정보 격차와 불평등을 해소하여 시민 각자가 자기 삶의 가치를 스스로 창출할 수 있는 사회를 만들기 위해 책 읽기의 문화를 널리 그리고 깊게 발전시켜 생각하는 사회, 깨어 있는 사회, 성찰하는 사회, 시민이 기만 당하지 않는 사회, 아무도 시민을 바보로 만들 수 없는 사회, 시민의 판단력이 살아 숨 쉬는 사회, 평등하고 정의로운 민주시민사회를 키우기 위해 책 읽기의 문화에서 길러지는 윤리적 감각과 상상력과 정서의 힘으로 사람이 사람으로 사람답게 살 수 있는 따뜻한 가슴을 가진 사람들의 사회, 공존과 관용의 사회를 이루기 위해 여덟 개 시민사회단체들이 모여 2001년 6월에 출발한 시민을 위한 시민의 연대운동이다. 책읽는사회만들기국민운동은 아홉 개 시민사회단체들의 연대운동인데 가나다순으로 소개하면 대한출판문화협회, 문화연대, 민족문학작가회의, 민주화를 위한 전국 교수협의회, 어린이도서연구회, 전국교직원노동조합, 학교도서관살리기국민연대, 한국도서관협회, 한국출판인회의이다. 이들 주관단체 외에도 다수의 시민사회단체들이 연대 단체로 참여하고 있다.

경남정보사회연구소는 지역의 도서관 운동 및 주민의 평생교육과 정보·문화발전을 위한 연구와 사업을 통하여 살기 좋은 마을을 만들고 건강한 지역사회공동체를 형성해 나가는 것을 목적으로 설립되었다. 경남정보사회연구소의 사업추진방향은 마을도서관을 통한 공동체 운동의 대중적 확산, 마을문화의 중심으로 정착하기 위한 사회교육센터의 운영활성화, 평생교육 이념에 입각한 시민 사회교육의 활성화, 마을단위 사회교육센터 운영모델 정립과 전국적 확산운동, 주민참여와 자치를 통한 도서관운영과 마을만들기 운동, 차세대 전문인력의 조직화와 시민 자원봉사운동의 전개, 새로운 교육비전에 입각한 마을학교의 안착과 제2의 학교로 일반화, 시민 정보서비스 확대, 정보공개, 기록보존 운동, 시민중심의 정보유통망 구성방안 마련, 지역 평생교육협의체의 구성과 학점은행제 사회교육 실행을 위한 토대 마련, 민관협력의 강화와 사회교육센터 운영협의체 연대의 강화 개별 사회교육센터의 자립성 강화 등이다.

부천시는 온 가족이 참여하는 도서관 문화한마당 행사가

열렸다. 작은 도서관운동을 비롯한 도서관 및 독서 활성화의 대표적 도시 중 하나로 꼽히는 부천시와 부천지역 작은 도서관협의회는 시청 앞 잔디 광장에서 '도서관 문화한마당 행사'를 개최한 바가 있다. '책 읽는 부천, 신나는 도서관'이란 주제의 행사는 야외도서관 관람, 책갈피 만들기, 인형극놀이 마당, 캐리커처 그려 주기, 마술놀이, 페이스페인팅과 '부천시민 책 릴레이 독후소감문' 전시회, '떴다 흑마왕' 퍼포먼스 공연 등 다양한 문화행사가 개최되었다.

특히 부천시 청사 잔디광장에는 길이 30m, 너비 5m의 천막을 설치해 '현재의 도서관'과 '미래의 도서관(U-Library)'을 임시로 만들어 놓았고, '현재의 도서관'은 실제 도서관과 똑같은 형태로 책을 전시하고 시민들에게 즉석에서 책을 빌려 준다. U-도서관은 국내 유수 전자업체나 가구업체의 협찬을 받아 미래첨단 도서관을 가상해 꾸몄으며, 아동용 전자책(e-book)이나 U-Library 홍보용 전자 영상물을 볼 수 있었다. 책 릴레이 행사는 건전 도서 155권을 시민 1,550명이 돌려가며 읽은 뒤 책 뒤편에 감상문을 써 놓는 방식으로 진행되었다. 이러한 독서활동이 독서운동의 하나이다.

2. 왜 독서운동을 해야 하는가?

현대의 급격한 사회변화와 다양한 문화, 정보의 홍수 속에서 자신에게 필요한 정보를 신속하고 정확하게 활용해야 하는 지식사회에서 정보 활용 능력으로서의 독서능력은 평생을 통하여 개발되는 중요한 생활 수단이다.

오늘날은 평생학습이 중요시되는 지식사회로 도서관은 지역 주민들의 정보원이요, 문화 활동 공간이요, 자기 교육의 장이며, 여가 선용의 장으로 활용되는 종합적인 사회교육센터이다. 또한 도서관은 교육과 문화 활동을 통하여 지역 주민들의 삶의 질을 높여 줄 뿐만 아니라, 미래에 대비한 정보활용 능력을 키우고, 평생 자기학습을 할 수 있는 마스터 키(master key)이다.

도서관은 자라나는 청소년들에게 꿈과 희망을 주고 지역사회에서 가장 중요한 평생교육 기관이다. 또 생활정보를 주고받고 빈곤한 우리의 삶을 살찌우는 문화공간이기도 하다. 그래서 도서관은 '다목적 댐'이라고 할 수 있다. 빌 게이츠가 "오늘날 나를 있게 한 것은 우리 마을 도서관이었다."라고 한 말에서 우리는 지역 도서관의 중요성을 생각할 수 있다.

도서관의 사서는 정보자료의 조직, 열람과 대출 업무뿐만이 아니라 정보조사 제공과 아울러 자료를 이용하는 방법과 독서교육 등 도서관에 관한 교육을 할 수 있는 능력을 가지고 있어야 한다. 다시 말하면 사서로서뿐만 아니라 사서교사로서 이용자들을 교육할 수 있는 능력, 즉 가르치는 방법까지도 겸비하고 있어야 한다는 것이다. 21세기 지식사회에서 평생교육이 강조되는 이 시점에서 도서관 사서가 독서교육에 관한 프로그램을 개발하여 지역의 아동과 청소년 그리고 주민들에게 서비스하는 것은 평생교육기관이라는 도서관의 기능을 수행하는 중요한 하나의 모델이 된다고 할 것이다.

독서는 하나의 창조 과정이다. 오늘날 지식사회에서 독서가 평생·사회교육의 필수적인 영역으로 자리매김하고 있으며, 독서를 통하여 지식과 정보를 얻고, 다양한 문화를 접하며, 부단한 자기계발의 수단으로 활용하고 있다.

우리나라 청소년들은 책을 읽지 않는다. 우리 학생들이 책을 읽지 않는 가장 큰 이유는 아마도 입시 공부에 쫓기어 시간이 없기 때문일 것이다. 초등학교에서조차 수업의 양때문에 책을 읽을 시간이 없다고 하니 그 실태를 미루어 짐작할 수 있겠다. 교육과학기술부 정책으로 독서활동을 내신 점수에 반영하여 대학입시에 활용하고 있다. 제도를 통해서 독서해야 하는 현실이 문제이다. 학생들이 자율적으로 지식과 교양을 위하여 독서하는 풍토를 만들어야겠다. 스스로 독서문화를 창조하는 분위기를 만들어야 한다.

독서하려고 하여도 읽고 싶은 책을 쉽게 얻을 수 없다. 학교도서관에 학생들이 읽을 만한 책이 많지 않다. 많이 개선되고 있지만 아직까지도 오래되고 재미없는 책들이 소장되어 있는 도서관이 많다. 학교도서관은 독서의 장소가 아니라 입시공부의 장소로 생각하는 경향이 있다.

수준에 맞게 읽을 책이 부족하다. 특히 중학생 수준에 맞는 책은 드물다. 초등학생은 동화책, 고등학생은 성인 문학을 읽을 수도 있지만, 중학생들의 수준에 맞고 재미있는 책이 부족한 현실이다. 독서감상문을 억지로 쓰게 하는 것은 독서가 힘들고 재미없는 것으로 느끼게 한다.

학교에 체계적인 독서교육이 없다. 독서 선진국인 미국이나 프랑스, 독일, 일본과 같이 학교에서 독서교육을 해야 한다. 다행히 우리나라의 경우 2002년도부터 시작된 새 교육과정에 권장도서 목록을 제시하여 독서교육을 하고 있다. 세부적으로 독서발표회를 운영하고 그 결과를 성적에 반영토록 하고 있다. 독서교육을 위해서 학교도서관을 점차적으로 건립하고 있으니 다행스럽다. 근래 미국의 통계에 따르면 12세에서 18세에 이르는 청소년들의 50% 이상이 독서를 즐긴다고 한다. 또한 이들의 68% 이상이 독서가 지루하다거나 낡은 방식이라고 생각하지 않는다. 그들은 1년에 10권 이상의 책을 읽는 것으로 답하고 있다. 미국은 어릴 때부터 독서문화가 정착되어 있음을 알 수 있다.

우리나라에도 대학입시에서 논술고사를 실시함으로써 학생들의 독서량이 늘어나고 글쓰기 실력이 향상되었다. 그러나 학생들에게 논술을 따로 공부하게 함으로써 수십

종의 논술참고서가 쏟아져 나오게 되었다. 이러한 현상은 오히려 독서력 증진보다는 시험대비에 치우치게 되고 학생들의 자유로운 감성이나 논리적 사고에 오히려 부작용만 가중시킨 꼴이 되지 않았을까 걱정스럽다. 이제 초 · 중 · 고등학교는 물론이고 대학에서도 독서교육이 중요한 항목으로 받아들여지게 되었다.

참으로 좋은 현상이다. 독서교육 전문가가 함께 고민하면서 청소년들을 위한 새로운 독서문화를 만들어 가야 하겠다. 공원, 지하철, 버스, 캠퍼스 어디서나 책을 들고 읽고 있는 사람을 볼 수 있는 문화가 만들어져야 하겠다. 서점에 들려 책을 고르는 모습이 아름답게 보이는 청소년문화를 만들자.

3. 독서운동 어떻게 할 것인가?

독서운동, 누구를 대상으로 할 것인가? 도서관 이용자인 미취학 어린이, 초등학생, 중·고등학생, 주부, 노인 또한 장애인, 지역사회 주민, 사서 자신을 대상으로 독서운동을 해야 한다.

어떤 방법이 있나? 다양한 방법이 있다. 독서운동에 관한 프로그램은 도서관 내부 프로그램과 외부 프로그램으로 나누어 생각할 수 있는데, 대전 U도서관 독서교육 프로그램은 다음과 같다.

시민평생교육의 기반 구축의 일환으로 학부모 독서지도 강좌(4~5월, 9~10월), 동양철학 강좌(매주 금요일), 청소년 상담실 운영(매주 화, 목요일), 독서상담제 운영, 신문활용 교육(방학 중), 독서 Clinic 센터(매주 수요일)를 운영하며 독서인구 저변확대의 일환으로 계층별 독서회 조직운영(연중), 독서교실 운영(겨울·여름방학), 일일도서관 현장 교육(4~5월, 9~10월), 움직이는 도서관 운영(관내 원거리 초등학교 방문 대출), 멀티미디어자료 대출, 자료실 연장 운영(4시간 연장 운영), '사랑의 책' 바꿔보기운동(8~9월), Book 페스티벌(5월), 도서관주간 및 독서의 달 행사(4월, 9월), 독서동아리 문집 발간 및 발표회(12월) 등이 있다.

1) 도서관 내부 프로그램은 어떤 것이 있나

사서의 자율적 독서이다. 사서들이 자율적으로 문헌정보학에 관련된 전공서적이나 건강, 여행, 관광, 시사 등의 교양서적을 틈틈이 읽는다. 독서회 운영이다. 우리나라 공공도서관에서는 대부분 독서회를 운영하고 있다. 독서회는 미취학 아동, 초·중·고등학생, 주부, 아버지, 직장인, 사서를 중심으로 운영할 수 있다.

서울·경기지역 공공도서관의 독서회의 명칭, 독서회의 운영 목적, 독서회의 활동, 독서회의 인원에 대하여 살펴보면 다음과 같다.

(1) 독서회의 명칭

조사 대상 공공도서관의 독서회의 명칭은 지명을 딴 독서회는 달구지독서회, 문학골 글마당, 안산독서회, 강동독서회(주부)이며, 동식물을 딴 것은 개나리독서회, 반딧불독서회, 소나무, 솔벗, 해바라기, 상록수이다. 어떤 사물을 딴 것은 동그라미독서회, 샛별독서회, 옹달샘독서회, 징검다리독서회, 날애독서회, 샘물독서회, 초롱독서회, 질화로독서회, 해돋이독서회, 한빛독서회, 쌈지독서회, 두레박독서회, 디딤독서회, 한가람독서회이며, 대상을 딴 것은 꿈나무(초등학교 4·5학년), 동화 읽는 어른 모임, 사(思)모임독서회, 어머니독서회, 어린이독서회, 주부독서회, 중학생독서회, 천사독서회, 청소년독서회, 대모(주부), 다솜독서회, 미리내독서회, 진솔독서회, 한결독서회(어린이), 한솔독서회, 해밀독서회이다. 인명을 딴 독서회는 안데르센독서회이며, 글짓기에 관련된 독서회 명칭은 고전과 명작 독서회, 글벗, 글사랑, 글사랑독서회, 글사모독서회, 책갈피 사랑갈피, 책사랑독서회, 책을 찾는 사람들(청소년), 글두레, 책시렁독서회 등이다.

(2) 독서회의 운영 목적

조사대상 공공도서관에서 활동 중인 독서회 운영의 목적은 진취적인 사고와 발표력 신장, 친구 사귐, 즐겁고 유익한 시간 향유, 청소년들의 정서함양, 독서습관 형성, 독서생활화, 건전한 가치관 형성, 여가 선용, 인간관계 형성, 사고력 신장, 효율적인 학습, 독서흥미 진작, 독서의욕 고취, 표현력 신장, 독서 흥미 유발, 독서의 즐거움, 독서인구 저변 확대, 독서분위기 조성, 평생교육기반 조성, 독서토론문화 활성화, 바람직한 인격 형성, 창의력 개발, 바른 독서태도 형성, 독서문화 정착, 독서정보 교환, 자녀독서지도, 어린이 책 문화 선도에 두고 있다.

(3) 독서회의 활동 내용

조사 대상 공공도서관의 독서회 활동 내용은 독서토론, 독후감 작성 및 발표, 작가와의 대화, 작가 · 작품 또는 특정 주제를 테마로 한 집단 독서, 각종 문화 행사 참가, 독서 발표회, 초등학생 자녀를 위한 좋은 도서 선정, 독후감 발표회, 감상문 쓰기, 어린이에게 읽힐 좋은 도서 선정, 독서 및 주제 토론, 글짓기, 인기 작가 초빙 작가와의 대화, 백일장, 독후 감상화 그리기, 고적 답사, 어린이 도서 연구, 문학 기행, 저자와의 만남, 양서 소개, 독서 권장, 문집발간, 독서 퀴즈, 독후 감상문 발표, 주제토론, 연극 발표, 독후감 작성법 지도, 사물놀이, 다양한 글쓰기, 독서 이론과 실기 지도, 문화유적지 답사 여행, 문학발표회, 견학, 독서정보 교환, 방학 특강, 전문강사 초빙, 여름방학 캠프, 문학작품 토의, 아동도서 연구 토론, 자원봉사 활동 전개, 야외 독서 토론회, 교양 강좌, 옛이야기, 어린이 책 문화 선도, 문학의 밤 행사, 주부독서회지 발간, 문예창작, 창작 활동, 전문강사의 독서지도, 독서 기행 등이다.

(4) 독서회의 활동 인원

조사 대상 공공도서관의 독서회 활동 인원은 어린이독서회는 15~40명, 청소년독서회는 15~35명, 성인독서회는 15~30명 정도이다.

(5) 도서관주간 행사[4월 12일~18일(7일간)]

H 공공도서관의 도서관주간 행사의 예를 들면 다음과 같다. 매년 4월 12일부터 4월 18일까지 1주일간을 도서관주간

으로 설정하여 다양한 행사를 통하여 지역주민들의 도서관 이용 활성화와 독서생활 진흥 운동을 전개하고 있다.

주요 행사는 다음과 같은 것이 있다.

① 모범이용자 시상: 도서관 이용자 중 독서생활에 타의 모범이 되는 이용자를 시상한다.

② 이용자와 간담회: 도서관 이용자와 직원 간의 간담회로써 도서관 이용 및 운영 전반에 관한 발전 방안과 건의사항 등의 의견을 나눈다.

③ 시로 여는 도서관대회: 어린이에게 시(詩)심을 길러 주어 밝고 아름다운 마음을 지니도록 하며, 독서의 생활화를 유도한다.

④ 책의 향기를 더듬어서(좋은 책 도서전시회): 독자가 뽑은 올해의 좋은 책과 대한민국 연대별 베스트셀러 전시회를 통해 다시 한번 그때 그 책들에게 느꼈던 감동을 맛봄으로써 독서 동기를 유발한다.

⑤ 시각장애인과 함께 두 눈 감고 영화 보기: 영화로부터 소외되어 온 시각장애인들에게 영화감상의 기회를 제공하고, 일반 시민들에게는 시각장애인들과 영화체험을 함께 나눔으로써 시각장애인 문화에 대한 인식을 넓히고자 한다.

⑥ 추억의 홍콩 영화 포스터전: 시각의 제약으로 보지 못하는 포스터전을 제목, 감독, 주연, 내용 등을 점역하여 설명해 줌으로써 그 시절의 향수를 맛보고, 도서관

을 이용하는 모든 지역주민들의 장애인에 대한 공감
대를 형성하게 한다.

(6) 독서의 달 행사(9월)

N 공공도서관의 예를 들면 다음과 같다. 독서 행사의 목
적은 지역주민들의 독서의욕 고취와 독서생활화로 문화국
가 기반을 조성하고 독서를 통한 올바른 가치관과 윤리관
정립으로 '더불어 사는 사회'를 구현하는 데 있다.

주요 행사 내용은 다음과 같다.

① 가두캠페인 및 도서대출회원증 현장발급: 독서, 도서
　　관홍보 캠페인 및 도서대출회원증 현장발급을 통한
　　독서인구 저변 확대

② 문화영화 상영

③ 모범다독자 시상: 도서관 이용자 중 도서관을 모범적
　　으로 이용하고, 특히 독서활동에 힘써 타의 모범이 된
　　자를 선정, 시상(도서관장상)

④ 이용자와의 좌담회 개최: 도서관 이용자와 직원 간의
　　상호 의견 교환을 통해, 서로가 이해의 폭을 넓히고
　　도서관 운영의 발전방안을 모색하여 도서관운영 활성
　　화 기대, 도서관 운영 전반에 대한 이용자 건의사항,
　　발전방안 등 의견 수렴

⑤ 독서정보 따라잡기: 독서퀴즈를 통한 지역주민들의
　　독서흥미를 유발하여 독서의욕 증진과 도서관 이용을

유도하며 자료활용도를 높임. 학생 및 일반을 대상으로 정답자 중 추첨을 통해 시상(도서상품권)

⑥ 자녀와 함께 하는 동화교실 운영: 어린이들의 감성적인 창의력 개발과 아름답고 순수한 마음을 갖도록 하고, 독서에 대한 흥미 유발, 유아, 초등학생, 학부모를 대상으로 동화구연 지도 및 문화영화 상영(애니메이션)

⑦ 어린이 글짓기대회 개최: 책 읽기 및 쓰기의 생활화로 사고력 · 창작력 · 비판력 · 문장표현능력을 신장시킴. 초등학교 4~6학년생을 대상으로 교육감상, 교육장상, 도서관장상 시상

⑧ 특별강연회 개최: 명사 초청 강연, 지역사회의 문화공간으로서 지역주민의 교양증진과 자기계발의 기회 제공 등

S 공공도서관에서는 유아 및 초등학교 1, 2학년을 대상으로 그림책과 동화책을 읽어 주고 관련 독후 활동을 하는 스토리텔링, 초등학생을 대상으로 책을 읽으면서 마음속에 그렸던 책 속의 주인공을 흙으로 빚으면서 느낌을 표현하는 책 속 주인공의 모습을 빚는 활동, 초등학생을 대상으로 이용이 많은 어린이책에서 관련 문제를 퍼즐형태로 출제하는 독서퍼즐, 집에서 보지 않는 좋은 책을 서로 교환하는 책나눔 행사인 도서알뜰시장, 이용자들이 즐겨 찾는 잡지를 선착순으로 무료 배부하는 지난 호 잡지 배부, 5~7세

유아를 대상으로 꾸러기 만세 아동극 공연, 책을 많이 읽은 이용자 중 모범이용자를 선정하여 시장상을 시상하는 다독자 표창(초등, 중등, 고등, 일반, 아동 5개 부문서 3등까지 시상), 예뜰 수채화 회원전, 도서관 사서들이 권하는 책을 어린이 책과 일반 책으로 나누어 내용과 함께 소개한 도서목록을 배포하는 지난 호 잡지배부, 초등학생을 대상으로 먼 거리로 인해 도서관을 찾기 힘든 외곽의 학교를 방문하여 슬라이드 그림동화 상영, 무료영화 상영 등의 프로그램을 운영하고 있다. 독서의 달 행사 중 색다른 프로그램은 도서서평 소개, 모범 독서인 시상, 독서 형제(자매) 시상, 독서명언 소개 등이 있다.

(7) 어린이 독서주간(5월 첫째 주)

5월 첫째 주 어린이날을 전후하여 어린이 독서감상화 그리기 대회, 어린이 글쓰기대회, 어린이 독서감상문 쓰기 대회, 어린이 동화구연 대회, 어린이 독서교실, 1일 독서교실, 어린이 동화구연교실(희망자 개별 접수), 어린이 독서운동교실, 어머니 독서 세미나, 이야기 한마당 잔치 등을 한다.

(8) 백일장

도서관주간이나 독서의 달에 동시, 생활문 등 백일장을 실시한다.

(9) 독후감 쓰기 대회

도서관주간이나 독서의 달에 독후감 쓰기 대회를 실시한다.

(10) 독서교육담당자 자체 연수 및 위탁교육

도서관 자체에서 실시하는 직원 연수 시간을 통하거나 사서교육원이나 국립중앙도서관, 대학교의 평생교육원 등에서 독서교육담당자를 교육시킨다.

(11) 어린이 도서실 활성화

어린이 도서실 운영을 위한 사서교사 발령이다. 기왕이면 사서교사 자격을 소지한 사서에게 어린이 도서실 운영을 맡기면 좋겠다.

유아를 동반한 가족 및 어린이를 대상으로 유아 및 어린이 도서, 신문, 잡지, 성인용 교양 도서 등을 소장하고 있다. 부산 G공공도서관의 어느 사서의 글을 소개하면 다음과 같다.

나는 어린이실 사서다. 오늘도 아이들 속에서 이들의 '독서 허기증'을 채워 줄 독서지도는 어디에서부터 어떻게 진행하여야 할까로 고민한다. (중략) 며칠 전 근무 평정표를 작성하는데 전문가가 되고 싶은 분야를 쓰라는 난이 있었다. 나는 어린이 전문사서라고 썼다. 독서지도에 관한 책도 부지런히 찾아 읽으려고 한다. 재교육도 받고 싶다. (중략) 나는 아이들을 좋아한다. 그리고 동화책 읽는 것이 즐겁다. 오래도록 어린이와 함께 어린이 사서이고 싶다.

(12) 여름 · 겨울 독서교실

대구 D도서관은 관내 초등학교 10개교를 대상으로 여름 · 겨울 독서교실을 1주일간 운영한다. 교육내용은 독서법, 독후감작성법, 도서관이용법지도, 각종 특강, 문화영화 상영이다. 수원중앙도서관은 초등학교 4~6학년(학교장 추천)을 대상으로, 여름 · 겨울 방학 중(7일간, 연 2회)에, 원고지 사용법 및 독후감 작성법, 독서법, 동시낭송회, 독후감 작성법, 독서토론, 독후감 발표, 신문활용 교육, 도서관 이용법, 독후감상화 그리기, 도서관자료 찾기, 도서관의 역사 등의 내용을 가르친다.

서울 G구립정보도서관은 여름 · 겨울 방학기간에 관내 학생들의 독서습관을 고쳐시키고 도서관 이용을 통한 각종 지식 · 정보 습득의 기회를 제공하기 위하여 독서교실에서 초등학교 5학년생, 중학교 1학년생을 대상으로 독서법, 독후감상문 쓰기, 도서관 이용법, 한자교실, 동화구연 등의 내용으로 운영하고 있다.

(13) 문집 또는 작품집 만들기

독서회나 여름 · 겨울독서교실 또는 독서캠프를 마치고 난 후 그동안 모은 독후감이나 글짓기 등의 결과를 문집 또는 작품집으로 출판한다. 공공도서관에서 발행하여 배포하고 있는 문집 또는 작품집의 예는 다음과 같다. 대관령 옛길

(강릉평생교육정보관), 작은노래(경기도립성남도서관), 문
학골 글마당(서울강서도서관), 글사랑(서대문도서관), 내마
음의 뜰(남양주시립미금도서관), 글꽃 피는 뜰(성주공공도
서관), 책사랑(서울송파도서관), 책갈피(서울정독도서관),
달우물(철원도서관), 청독(속초평생교육정보관) 등이다.

(14) 독서신문 만들기

독서회 활동으로 월 1회 독서신문을 만든다.

(15) 현수막 또는 플래카드 설치하기

도서관 주관이나 독서의 달, 도서관 대회, 각종 행사를 알
리는 현수막이나 플래카드를 도서관 현관이나 가까운 도로
에 설치한다.

(16) 독서의 노래 부르기

독서의 노래, 고마운 책 등 독서에 관련된 노래를 지도한
다. 다음은 교육부 독서교육 연구학교였던 부산 G여자중학
교에서 제작·보급한 노래이다.

고전(古典)은 옛 임의 슬기 살아 숨쉬고
신간(新刊)은 오늘의 우리 비춰 보이네.
독서로 얻은 기쁨 눈이 뜨이고
또 한 장 넘기면 마음 열리네.
<u>스스로 깨달으며 크는 내 모습</u>
책 읽어 행복하다 미래를 연다.

(17) 홈페이지 제작 업그레이드

홈페이지를 제작하여 운영하고, 정보를 제공해 주고 독서에 관한 배너 달기 등 업그레이드하여 홍보한다.

2) 도서관 외부 프로그램은 어떤 것이 있나

대구 N도서관의 반년간인 『서향』, 경기 과천 G도서관의 『과천도서관소식』 등과 같은 뉴스레터 배포, 경기 성남 G문화정보센터의 『정보 · 문화 · 평생교육의 미래를 여는 중원문화정보센터』와 같은 홍보물 배포, 표어 · 포스터 배포, 현수막 또는 플래카드 설치, 반상회 참석 도서관 홍보, 홍보용 CD나 비디오제작 배포, 학생 독서캠프, 시민단체 연계 독서운동, 학교도서관 지원, 이동도서관 운영, 순회문고, 학교어머니교실 독서 특강, 초등학교, 유치원의 일일 교사 참여를 통한 독서지도 방법 교육, 사서 가족 독서운동, 자원봉사자 확보, 주민 도서기증운동, 개인문고 설치, 도서관 및 독서진흥조례 제정, 그 외 권장도서목록 및 이용 안내문 배포 등이다. 독서기행, 1일 순회 독서교실, 해변문고 등이다.

속초평생교육정보관에서는 학교독서반 지원활동으로 관내 중·고등학교 독서반 학생들을 대상으로 월 2회 독서 지도를 실시하고, 초빙강사 특강, 자료활용법, 독서토론, 영화감상 등의 시간을 마련하여 청소년들의 정신수양과 토론문화 정착에 적극 지원하고 있다. 춘천평생교육정보관의 주민에게 독서 생활을 유도하기 위한 활동을 소개하면 다음과 같다. 찾아가는 정보관 운영으로 이동도서관 운영, 산업체 및 군부대 16개소를 찾아가는 순회문고 운영, 시각장애인, 지체장애인, 무학인을 위한 장애인문고 운영, 지역주민을 대상으로 동화구연대회, 독서퀴즈 대회, 작가와의 만남, 야외독서토론회 등의 도서관주간행사, 우수 독후감상문 모집·시상, 독서회전시회, 모범이용자·다독자·독서가족 표창, 어린이 인형극 공연 등의 독서의 달 행사, 겨울·여름 방학기간 중 각 6일 정보관 이용법, 도서 선택법, 독후감상문 쓰기 등의 독서에 관한 기초학습의 독서교실, 어린이, 청소년, 어머니, 직장인을 위한 독서회 운영, 춘천시 관내 유치원·초·중·고등학생을 위한 일일 정보관 현장학습 등이다.

4. 공공도서관의 독서활동은 중요하다

공공도서관에서의 독서활동은 중요하다. 도서관법을 보면, 공공도서관은 공중의 정보이용, 문화활동, 독서활동, 평생교육이라는 목적을 가지고 있다. 도서관법 제28조의 공공도서관의 주요 업무 7가지 중에 제3호, 제4호에 제시되고 있는 내용이 "3. 독서의 생활화를 위한 계획의 수립 및 실시", "4. 강연회, 전시회, 독서회, 문화행사 및 평생교육 관련 행사의 주최 또는 장려"이다. 다시 말하면 공공도서관은 독서의 생활화를 위한 계획을 수립하고 실시하여야 하며, 독서회 등 문화 행사 및 평생교육 관련행사를 주최 또는 장려해야 하는 것이다. 이처럼 공공도서관 독서활동을 중요시하고 있다. 독서는 지식기반사회에서 필요한 지식과 정보를 획득하는 가장 효율적인 방법이다.

독서활동은 독서를 통해서 독자가 책 속의 저자와 만나서 의사를 소통하고 의미를 재구성하는 과정이다. 다시 말하면 독서 활동이란 글이나 책을 읽는 행위인 것이다. 독서활동은 구양수가 말했듯이 다독(多讀), 다작(多作), 다상량(多商量)하는 활동이다. 많이 읽고, 많이 쓰고, 많이 생각하는 활동을 해야 좋은 글을 쓸 수 있다는 것이다. 평소 무엇을 읽고 어떻게 생각하고 어떻게 써야 하는지에 대한 학습과 꾸준한 실천 활동이 있다면 좋은 글을 쓸 수 있는 것이다. 논술의 기초는 독서활동, 독서토론 활동이요, 글쓰기

활동이다.

독서활동은 언어 발달을 가져온다. 독서활동은 경험을 확대시킨다. 독서활동은 사고력을 신장시킨다. 독서활동은 정보와 지식을 획득하게 한다. 독서활동은 즐거움을 준다. 독서활동은 정서를 함양시킨다. 독서활동은 청소년들의 성격형성에 영향을 미친다. 독서활동은 바람직한 인간상을 형성시켜 준다. 독서활동은 치료적 가치를 지닌다. 그러므로 공공도서관에서의 독서활동은 중요하다. 독서활동의 중요성을 다음과 같이 제시할 수 있다.

1) 독서활동은 우리들에게 행복함을 줄 수 있다

독서활동은 우리들에게 즐거움을 준다. 독서활동이 우리들에게 주는 즐거움은 깨달음에 있다. 사람들은 독서활동을 통하여 무엇인가를 생각하게 되고, 또 무엇인가를 얻게 된다.

"읽으면 행복합니다."라는 표어가 있다. 청소년들이 행복해지도록, 행복지수가 높아지도록 독서활동을 할 수 있도록 안내해야 한다. 영국의 철학자 베이컨은 "독서는 충실한 사람을 만든다."고 하였다.

독서하고 있는 학생의 모습을 보면 흐뭇하다. 특히 도서관에서 책을 읽고 있는 모습을 보면 칭찬하고 싶다. 희망찬 제자의 앞날을 생각하면 더욱더 그러하다. 책을 읽고 있는 교수는 학생을 감동시킬 것이다. 책을 읽고 있는 사장은 사원에게 애사심을 갖게 하고 성취동기를 촉진시킬 것이다. 독서는 아름다운 것이다. 읽으면 행복하다.

2) 독서활동은 청소년들에게 창의력을 길러 준다

창의력이란 "새로운 것을 생각해 내는 능력"이다. 즉 "새로운 것을 만들어 내거나 발견해 내는 능력"을 말한다. 창의력은 어떤 문제에 대한 새로운 해결안, 새로운 방법이나 고안, 새로운 예술적 대상이나 형태 등으로 구체화되는 것이다.

애니메이션의 천국이라고 하는 일본의 도에이사의 유명한 캐릭터는 어디서 나온 것일까? 스태프는 "어린 시절 책에서 읽은 내용과 지금 읽고 있는 책에서 얻은 아이디어를 바탕으로 그렸다."고 말한다. 파리의 디자이너들도 "다양한 종류의 책을 읽고 또한 후배들에게도 많은 책을 읽어 영감을 얻으라."고 권하고 있다.

할리우드에서 활약하고 있는 「타이타닉」을 찍은 제임스 카메룬과 「쥐라기 공원」을 찍은 스티븐 스필버그의 말을 들어 보면 "자신들의 상상력은 여러 세기에 걸쳐 축적되어 온 고전과 어렸을 때 읽었던 동화에서 나온다."고 말하고 있다. 할리우드를 움직이는 동력은 "책을 읽는 것", 즉 "책을 읽는 사람들"이다. 그리고 그들은 "독서는 모든 것의 시작"이라고 하면서 책 읽기의 중요성을 역설하고 있다.

첨단기술을 개발하는 아이디어는 인간의 두뇌에서 나오는 것이다. 창의력의 기반에는 지적인 체험이 필요하고, 그 지적인 체험을 쌓는 지름길이 바로 '독서활동'인 것이다. 독서는 사고력을 신장시킨다. 독서를 통하여 조용하고 내면적인 사고를 할 수 있다. 그러므로 독서활동은 창의력을 신장시킨다.

3) 독서활동은 공부를 잘하게 한다

한국교육개발원은 고등학교 1, 2학년 학생 중에서 성적이 상위 10% 이내에 들어가는 학생들의 특징을 연구한 보고서를 발간하였다. 그 보고서에 의하면 우수한 학생은 (1) 어려서부터 독서를 좋아했고, (2) 공부는 스스로 자기 주도적으로 했으며, (3) 학원보다는 도서관이나 집에서 혼자 조용히 공부했고, (4) 공부하는 것이 매우 즐거웠으며, (5) 문학작품 읽기와 신문 읽기를 즐겼다 등 다섯 가지를 제시하고 있다. 이 결과는 결국 "공부를 잘하는 학생들이 독서활동을 많이 했다"는 사실을 나타내 주고 있는 것이다.

서양의 학자에 의하면 학습부진의 20% 정도는 독서력 문제에 기인한다고 주장하였다. 또 어떤 학자는 "지능과 독서능력과의 관계는 정비례적이다."라고 하였다. 여러 학자들의 연구를 종합하면 학업성취와 지능발달에 독서가 많은 영향을 준다는 사실을 알 수 있다.

4) 독서활동은 치료의 효과가 있다

독서활동은 치료적 가치를 지닌다. "사람이 책을 만들고 책이 사람을 만든다."는 말이 있다. 책이 사람을 만든다고 하는 것은 책을 읽고 그 내용을 알고 깨달아 바람직한 사람으로 변화된다는 뜻이 들어 있다고 생각된다. 이 말은 독서치료를 가장 잘 설명하는 짧은 말이라고 생각한다. 고대 그리스의 도시인 테베(Thebes)의 도서관 입구에는 "영혼을 치료하는 곳"이라는 말이 새겨져 있다. 테베의 사람들은 책이 의사소통이나 교육, 치료 등을 통하여 생활을 질적으로 더욱 풍부하게 해준다고 하여 소중하게 여겼던 것이다. 독서활동은 인간 형성을 위한 교육의 도구이며, 평생 학습사회를 살아가는 우리들에게 필수적인 기능이다. 독서치료는 "독서지도를 통해서 개인적 문제를 해결하도록 안내하는 활동"이다.

책 속에 길이 있고, 책은 말 없는 스승이다. 무릇 책을 읽을 때는 반드시 책상을 잘 정돈하고, 마음가짐을 깨끗하고 단정하게 하고, 책을 가져다가 가지런히 놓고는 몸을 바른 자세로 책을 대하고, 자세하게 글자를 보며, 자세하고 분명하게 읽어야 한다. 독서는 마음의 양식이다.

5) 독서활동을 하면 Leader가 될 수 있다

Reader가 Leader가 된다는 말이 있다. KBS 공사 창립 특집에서 방영된 「그들은 책을 읽었다」에 등장한 많은 사람들은 어릴 때부터 책을 읽었으며, 지금도 책을 읽고 있다고 했다. 한국의 대표적인 IT 기업가요, 컴퓨터 바이러스 백신 전문가인 안철수 박사도 어렸을 때부터 독서광으로, 도서관에서의 독서활동을 통하여 꿈을 키웠다고 한다. 그는 어려서부터 걸어 다니면서도 책을 읽는 책벌레라는 별명을 갖고 있었다. 국내에서 제일가는 기업의 창업자인 故 이병철 회장은 해마다 정초에 일본에 가서 기업경영과 하이테크에 관한 책을 사서 읽고, 이른바 동경구상을 하였다고 한다. 오늘날 그 기업이 세계적인 기업이 된 것은 바로 이병철 회장의 독서활동에 기인한 것이라 생각한다.

빌 게이츠는 "오늘날 나를 있게 한 것은 우리 마을 도서관이었다."라고 하였다. 어릴 때부터 도서관을 이용하며 꿈을 키웠고 독서활동을 통해서 얻은 아이디어로 세계적인 컴퓨터 프로그램 전문가가 된 것이다. 또한 미국의 토크쇼 진행자, 오프라 윈프리도 책을 읽었다. 그녀는 자신이 불우했던 어린 시절을 이겨 낼 수 있었던 것은 책이 없었다면 불가능했을 것이라고 말했다. 위인의 이야기가 담긴 책을 보면서 꿈과 희망을 키우며 흑인이라는 인종적 콤플렉스를 벗어날 수 있었다는 것이다. 북 클럽을 조직해 책 읽는 문화운동을 조성하고, 일주일에 두 번은 유명한 저자를 자신의 쇼에 출연시키면서 많은 사람들에게 책 읽기의 중요성을 강조하고 있는 오프라 윈프리 그녀의 희망은, 미국을 다시 책 읽는 나라로 만드는 것이다.

5. 동화 읽어 주기는 아이의 정서에 영향을 미친다

동화 읽어 주기는 아이의 정서는 물론 인지와 언어능력 향상에 큰 영향을 미친다.

책을 함께 읽는 것은 생각하는 능력을 키워 주기 때문에 다른 학습 능력에도 영향을 미친다. 그래서 책 읽기와 전혀 관계없는 과목이라고 생각되는 수업 시간에도 책을 함께 읽으면 효과가 있다. 아이들과 선생님이 책 읽어 주기를 통해 의사소통이 잘되고 공통적인 생각이 더 많아지기 때문에 중요한 것이다.

책 읽어 주기를 통하여 얻은 책에 대한 관심은 책을 보다 가까이하게 한다. 책을 많이 읽고, 대화를 나누며 생긴 사고력과 이해력은 아이에게 사회성이 발달되게 한다. 또한 동화 읽어 주기 결과는 학습 성과와 밀접한 관계가 있다. 그리고 책 읽어 주기의 목표 중에는 책을 통해 생각이 깊고, 타인에 대한 이해가 깊은 사람을 길러 내는 것도 있다.

집에서 열심히 책을 읽어 준 결과 어떤 아이는 더욱 자신감이 생기고, 언어 표현력이 좋아졌으며, 책에 많은 흥미를 갖게 되었고, 특히 그림책은 친구들과 더 빨리 친해지도록 도와주었다는 결과도 있다. 동화책은 엄마와 친구 그리고 선생님, 누구와도 재미나게 놀 수 있는 최고의 장난감이다.

1) 외국의 동화 읽어 주기

미국에서 동화 읽어 주기는 아기가 태어나자마자 시작된다. 일단 리듬과 운율이 있는 책을 주로 골라 엄마 목소리를 들려준다 생각하고 책을 읽어 주는 것이다. 그리고 한 4~5개월 되었을 때 '잠 훈련'을 시도하는 엄마들은 책 읽어 주기를 잠자기 전에 시도한다. 이후에도 계속 잠자기 전 책 읽기는 미국에서 부모의 교육수준이 있다거나, 백인들인 경우 아주 당연한 습관에 속한다고 한다. 낮잠 자기 전에도 마찬가지이다. 동화 읽어 주기는 서점, 도서관 그리고 어린이박물관 등 공공기관에서 일주일에 한두 번씩은 반드시 하는 이벤트이다. 물론 공짜이다. 연령별로 나누어져 있는 경우가 많으며, 한 주제에 관련된 책들을 읽어 줄 뿐만 아니라, 대화도 나누고, 인형극도 보여 주는 등 다양한 활동이 포함된다.

독일의 아이들은 엄마가 읽어 주는 동화책을 들으며 자는 것이 습관이다. 독일 동화책의 그림은 아이들의 시선을 끌 정도로 아름답고, 내용 또한 기발한 것이 많다. 책값이 다소 비싼 편인 독일은 다양한 방법을 통해 독서를 권장한다. 유치원은 그림책 전시회를 자주 열어 전시회에서 시중 가격보다 싼 가격으로 책을 살 수 있도록 하고, 동네마다 있는 도서관에서는 동극 활동, 아동문학 작가들과 함께하는 시간을 마련하여 아이들을 참여시킨다. 국제 청소년 도

서관에서는 매년 어린이 도서 전시회를 개최하여 세계 각
국의 도서를 소개하는 행사도 한다.

독서에 대해 흥미를 느끼게 하기 위해서 이야기의 반 정
도만 읽어 준 후 다음 이야기를 스스로 지어 보게 하기도
하는데 이 방법은 아이의 상상력과 어휘력 발달에 좋다. 독
일은 다양한 제도와 방법으로 아이들이 독서를 즐기게 하
고 자연스럽게 부모가 되면 가정독서 지도자가 되어 아이
에게 책을 읽어 주게 되는 것이다.

2) 동화 읽어 주는 방법

동화를 그냥 읽어 준다면 유아들은 금방 싫증을 느끼고
산만한 분위기가 된다. 그러므로 구연동화나 그림동화, 인
형극 형식을 적극 활용해야 한다. 경우에 따라서는 연극적
요소를 활용하여 유아들의 직접 참여를 유도한다. 동화를
들려주기 전에 동화 내용을 사전에 예고해 준다. 동화의 길
이는 유아들의 주의 집중시간을 고려하여 조절한다. 이야
기 형식을 통하여 유아들에게 바르고 옳은 언어 습관을 키
워 준다. 동화 내용을 사전에 충분히 점검하여 음성의 높고
낮음, 빠르고 늦음, 잠시 쉴 곳 등을 체크해서 동화의 분위
기를 효과적으로 표현해야 한다. 편안한 표정과 바른 자세
를 취하고 유아들의 얼굴을 한 명 한 명 골고루 살펴보면서
읽어 준다. 동화 내용에 따른 연극적 몸짓을 사용하고, 틈

틈이 질문이나 뒷이야기에 대한 상상을 물어 보며 진행하
는 것도 좋다.

6. Book-Sitter는 책을 읽어 주는 사람 이다

북시터란 '책을 읽어 주는 사람'을 말한다. '도서관옆신호등'에서는 북시터를 Kids T. D.(키즈 떼데)라고 표현하고 있다.

Kids T. D.는 Kids와 T. D.의 합성어로 Kids는 영어로 어린이를 말하고, T. D.는 영어로 선생님, 불어로는 대학의 시간강사, 스페인어로 Tres Dias의 약어인데 예수의 부활 전 3일을 가리킨다. 어둠의 3일이 지난 후 빛의 세계로 옮겨 간 3일째가 T. D.이다. 유아들의 형상화되지 않은 내적 세계를 책을 통해 빛의 세계로 이끌어 주신 역할을 담당하는 의미에서 '도서관옆신호등'에서는 전문 선생님을 "키즈 떼데"로 명명한다.

북시터는 부모님이 희망하는 시간에 가정으로 직접 방문하여 아이의 연령에 맞는 유익한 동화책을 목소리 연기, 몸짓 그리고 표정연기 등 재미있는 행위를 통해 아이에게 쉽게 그 내용을 전달해 주는 선생님을 말한다. 단순히 책을 읽어 주는 차원이 아닌 눈과 귀로 내용을 전달해 주기 때문에 아직 글자를 읽지 못하는 아이들에게 어렸을 때부터 책을 가까이할 수 있도록 도와준다. 다양하고 유익한 동화를 들려주어 언어 발달, 상상력, 사고력을 키워 준다. 장난감이나 인터넷 게임보다도 책을 좋아하고 읽는 습관이 들 수

있도록 도와준다. 그리고 함께 도서관을 방문하여 각종 프
로그램에 참여할 수 있도록 도와주기도 한다.

북시터는 아이의 창의성과 상상력을 키워 주며 아이의
언어교육과 감성교육이 동시에 이루어지게 한다. 책을 단
순히 읽는 것이 아니라 자신의 생각을 만들어 가고 표현하
며 정리하는 습관을 갖게 해 준다. 북시터란 '동화책을 읽어
주며 아이를 돌보는 사람'을 말한다. 동화 시터와 같은 역할
을 하는 사람이다.

1) Book-Sitter 교육

북시터는 가정으로 직접 방문하여 아이의 연령에 맞는
유익한 동화책을 목소리 연기, 몸짓 그리고 표정연기 등 재
미있는 행위를 통해 아이에게 쉽게 그 내용을 전달해 주는
선생님을 말한다. 그러므로 교육, 아동심리, 상담, 교수법
등을 이해하고, 동화구연, 스토리텔링 기술이 있어야 한다.

'도서관옆신호등'은 책 읽어 주는 선생님들과 엄마들을
연결시켜 주고, 도서관교육법에 대한 다양한 정보를 제공
하는 사이트다. 매일 아이와 도서관을 찾기 힘든 엄마들을
위해 생각해 낸 아이디어다.

'도서관옆신호등'에서 말하는 도서관교육법이란 국내외
공공 도서관의 프로그램과 책을 활용하여 아이들의 듣기
능력과 말하기 능력을 함양하여 읽기와 쓰기 능력을 자연

스럽게 계발시키는 교육법이다. 소정의 교육을 거친 선생님들이 동화책을 읽어 주어 아이들의 관심도는 물론 듣기를 통해 논리적인 말하기로 자연스럽게 이동할 수 있도록 도와준다. 또한 매일의 독서록을 바탕으로 매년 아이들의 독서육아일기가 제공되며 이를 바탕으로 심리 적성 검사를 통해 아이들의 관심도를 체크해 준다. 공공도서관을 애용하여 사회성은 물론 더불어 사는 하나의 인격체로 거듭남이 도서관교육법의 궁극적인 목표이다.

도서관 방문 교육 서비스란 Kids T. D.가 회원님의 집에서 가장 가까운 도서관에서 책을 읽어 주어 듣기능력을 계발시키고 아울러 동화책을 통해 말하기 능력을 함양한다.

동화책을 통해 논리적 사고와 감수성을 계발한다. 일정 기간 수련 후 독서록을 기초로 독서 일기를 제작하고, 이를 바탕으로 심리, 적성테스트를 받아 관심도를 체크한다.

교육 대상은 만 2세부터 7세까지 듣기과정이 필요한 유아와 체계적인 책 읽기와 분석이 필요한 초등학생이다.

Kids T. D. 자격은 유아교육 관련 학과 전문대(2년제) 재학 이상은 4세 이하 아동을 우선 연결해 준다. 어학, 문과, 상경, 이과계열 등 4년제 대학교 재학 이상은 5세 이상 아동을 우선 연결해 준다. 도서관교육법에 관련하여 자체에서 제작한 동영상을 통하여 교육한다. '도서관옆신호등'이라는 독서노트 2권을 제공한다. 도서관교육법이라는 자체 제작한 안내문을 제공한다. 어린이 권장도서 목록(한글, 영문)을 제공한다.

어르신 일자리 창출을 위한 북시터 교육이므로 프랑스처럼 방과 후 초등학교 저학년을 대상으로 활동할 수 있도록 여건을 마련해야 한다. 그러나 기본적으로 전직 교사나 교육에 종사했던 어르신을 중심으로 간단한 교육을 하여도 북시터가 될 수 있는 교육체제와 내용이어야 할 것이다. 교육 담당기관은 가능하면 독서교육 단체나 독서 전문기관, 초등학교에서 담당하면 더욱 효과적일 것으로 생각된다.

부산광역시 공동모금회 지원사업의 일환으로 인표어린이도서관을 통한 지역사회프로그램 '북시터 파견사업'의 예를 들면 다음과 같다.

저소득 가정에 북시터(책 읽어 주는 선생님)를 파견하여 학습능력 향상 및 정서적 지지를 도모하여 가족 기능향상 및 올바른 독서문화 형성을 하고자 한다.

활동기간은 4월부터 12월까지이다. 자격 요건은 자녀를 둔 부모로서 도서관련 자격증 소지자이다. 모집 인원은 면접 후 선발 8명이다.

활동 내용은 (1) 책사랑 가방 방문 대여 및 독후 활동 제공(주 2회), (2) 신나는 토요도서관 활동, 문화공연 및 캠프, (3) 북시터 전문교육(2회), (4) 지역사회 내 올바른 독서문화 정착 활동 등이다.

북시터 활동비를 지급한다. 제출서류는 독서관련 지도사

자격증 사본 1부, 등본 1부, 이력서 1부다.

어느 북시터 전문 업체의 동영상 교육 내용을 살펴보면 다음과 같다.

(1) 도서관 교육법 특강

(2) 도서관 교육법 특강(부모/북시터)

(3) 도서관 교육과 미래 1 - 21C형 인재를 위한 도서관 교육

(4) 도서관 교육과 미래 2 - 도서관 교육의 개념과 절차

(5) 도서관 교육과 미래 3 - 도서관 직접 교육 방법

(6) 영어 북시터 교육 - 엄마와 함께하는 영어동화

(7) 부모 교육 1 - 부모라는 이름의 자격증

(8) 부모 교육 2 - 아이와 대화를 잘하려면?

(9) MBTI의 16가지 유형

(10) MBTI를 활용한 도서관 학습법

(11) 미술심리 교육/연령별 그림의 특징과 매체의 특성

2) Book - Sitter 교육과정

북시터는 유아와 초등학교 저학년을 대상으로 동화책을 읽어 주며 아이를 돌보는 역할을 맡고 있기 때문에 교육, 아동심리, 상담기법, 교수법 등을 이해하고, 동화구연, 스토리텔링 기술이 있어야 한다. 또한 주로 공공도서관을 활용하여 동화책을 읽어 주며 돌보는 프로그램이기 때문에

도서관이용에 관한 지식이 있어야 한다. 즉, book-sitter는 무엇보다 교육을 이해하고, 책과 아이를 좋아하는 사람이라야 하기 때문에 교육, 책, 아이에 관한 내용을 교육해야 할 것이다.

일반적인 북시터의 교육과정(안)을 제시하면 다음과 같다.

(1) 북시터의 자질과 인성

(2) 북시터의 업무 내용

(3) 영유아교육 개론

(4) 독서교육의 실제

(5) 동화구연과 실제

(6) 북시터 노트 쓰기

(7) 도서관의 이해

(8) 놀이 지도

7. 북시터는 노인 일자리를 창출할 수 있다

노인 문제를 연구하는 학자들은 일반적으로 65세 이상을 노인으로 규정하고 있다. 보건복지부가 최근에 내놓은 '노인 일자리 마련사업'을 보면, 65살 이상 노인을 대상으로 모두 10만 개의 일자리를 만든다는 목표로, 우선 425억 원의 예산을 들여 3만 5천 개의 일자리를 만들 계획으로 되어 있다. 일자리 유형으로는 거리환경 개선 등 공익형 2만 2,750개, 문화재 해설사 등 교육복지형 7천 개, 지하철 택배 등 자립지원형 5,250개 등이다.

그러나 '공익형, 자립형' 일자리라고 하지만 내용을 보면 거리청소 등 단순노동이 대부분이고 그것도 기존의 생계지원용 공공근로와 다를 바가 없는 듯하다. 예산도 노인 1인당 월 20만 원씩 6개월 동안 지급하는 것이 고작이다. 일자리 창출이라기보다는 '용돈 마련해 주기'이며 일자리 수만 부풀린 정책이 아닌가 생각된다.

보건사회연구원 조사로는 65살 이상 노인 약 400만 명 가운데 80~90만 명 정도가 일할 의사를 갖고 있다고 한다. 노인들의 경륜과 경험을 제대로 활용하는 일자리 창출이어야 나라 경제에도 보탬이 되고 본인들의 보람도 극대화할 수 있을 것이다. 본디 좋은 일자리란 1개만 만들어져도 그 파급효과는 상당하다. 지난해부터 시범운영을 하는 노인인력 전문기관을 좀 더 활성화하여 일자리 창출 본보기를 개발하는 방안도 생각해 볼 수 있다. 또한 전산화 작업 보조 등 노인들이 경쟁력을 갖고 있는 분야에서 기업과의 연계를 모색하는 일에도 예산과 인력을 아끼지 않아야 한다.

프랑스에서는 2,000여 개 초등학교에서 '읽기와 읽히기'의 할아버지 · 할머니 자원봉사자들을 받고 있다고 한다. 교실수업 수준과 내용에 맞도록 자원 봉사자들이 읽어 줄 책을 제공하고, 학생들을 2~3명씩 소규모 그룹으로 나눠 '대화식 독서지도'가 될 수 있도록 준비한다. 학교 측에서는 저학년들에게 책 한 권을 소리 내어 읽어 줄 여력과 시간이 없는 교사들을 대신해서 등장한 할아버지, 할머니가 고마울 따름이다. '읽기와 읽히기'의 자원봉사자들은 아이들에게 동화책을 읽어 주는 데 그치지 않는다. 아이들이 직접 책을 큰 소리로 읽도록 하면서, 표현력과 발표력, 의사소통 능력을 키워 준다.

'읽기와 읽히기'를 담당하는 어르신들은 신규 회원으로 가입한 어르신을 전문가로부터 간단한 독서지도 교육을 받게 하고 있다. 천천히 책을 읽으면서 아이들이 따라오는지 확인하고, 어려운 단어는 설명해 주고, 목소리의 톤은 수시로 바꾸며, 때때로 시각자료를 이용하라는 등등의 기본 요령을 익혀 준다. 자원봉사 어르신들은 아이들과 함께 하는 독서시간을 보내며 행복한 생활을 하고 있다.

특히 과거에 교육에 관련된 분야에 종사하였거나 교육에 경험이 있는 어르신들을 대상으로 소정의 북시터 교육을 하여 프랑스처럼 초등학교에 파견하여 어르신 일자리 창출을 하면 좋을 듯싶다.

독서관련 단체에서 65세 이상 어르신들에게 book-sitter 양성 교육을 하여, 손자손녀들을 돌보듯 책을 읽어 주며 무위고(無爲苦)를 덜어 드리는 것이 좋겠다. 또한 국공립 유치원의 유아나 초등학교 학생들을 돌보고 놀아 주며 보람을 찾을 수 있도록 해야 할 것이다. book-sitter 양성 교육은 보건복지부나, 지방자치단체(도청, 시청, 구청)의 노인일자리 창출 사업, 여성인력개발센터, 시·도교육청의 초등학교 방과 후 교육 사업과 주 5일제 수업과 관련한 토요일 활동 사업, 특히 여성 관련 부서의 협조를 얻어 예산을 지원받아 할 수 있을 것으로 사료된다.

하나의 방법으로 지방자치단체에서 운영하는 복지회관의 노인을 위한 프로그램 중에 book-sitter 교육을 넣어 독서관련 단체에 강사를 파견하면 좋을 것 같다.

어르신 일자리 창출을 위한 북시터 교육의 교과과정은 프랑스처럼 방과 후 초등학교 저학년을 대상으로 책 읽어 주기, 재미있는 이야기해 주기, 동화 구연하기, 읽은 책으로 독서토론하기, 재미있게 놀아 주기 등의 기법을 교육해야 할 것이다.

독서문화 향기를 퍼뜨리자

곡천 이만수

독서는 자기 교육의 방법이요, 문화창달의 수단이며, 학생들에게 필수적인 기능이다. 독서는 지식과 정보를 획득하는 바탕이자 사고력의 원천이기 때문이다.

KBS의 「TV 책을 말하다」와 MBC의 「느낌표, 책 책 책을 읽읍시다」라는 프로그램은 독서를 고양시키는 향기이다. 우리는 4월 도서관주간이나, 9월 독서의 달은 말할 것도 없고, 언제나 국민들이 책과 가까이할 수 있는 독서환경을 만들어야 할 것이다.

어린이를 위한 어린이 도서관, 학생들을 위한 학교도서관, 지역 주민들을 위한 공공도서관을 많이 건립하여 독서문화 향기를 퍼뜨리자. 공원에서, 지하철에서, 정류장에서, 백화점에서, 은행에서, 교회에서, 사찰에서, 공연장에서 사람이 모이는 곳이면 어디서나 독서할 수 있는 환경을 만들어 독서문화 향기를 퍼뜨리자. 친구는 친구에게, 동료는 동료에게, 이웃은 이웃에게 독서문화 향기를 퍼뜨리자. 부모는 자녀에게, 스승은 제자에게, 사장은 사원에게 독서문화 향기를 퍼뜨리자. 마을마다, 고장마다, 도시에서, 시골에서 책 읽는 소리가 들리게 하자. 책 읽는 사람은 아름답다.

Part 7

독서문화
이것이
문제이다

독서문화 이것이 문제이다

●

      우리나라 청소년들은 책을 읽지 않는다. 우리 학생들이 책을 읽지 않는 가장 큰 이유는 아마도 입시 공부에 쫓기어 시간이 없기 때문일 것이다. 초등학교에서조차 수업의 양 때문에 책을 읽을 시간이 없다고 하니 그 실태를 미루어 짐작할 수 있겠다. 교육과학기술부에서는 독서활동을 내신점수에 반영하고 대학입시에 활용하였다.

    제도를 통해서 독서해야 하는 현실이 문제이다. 학생들이 자율적으로 지식과 교양을 위하여 독서하는 풍토를 만들어야겠다. 스스로 독서문화를 창조하는 분위기를 만들어야 한다.

    독서하려고 하여도 읽고 싶은 책을 쉽게 얻을 수 없다. 학교도서관에 학생들이 읽을 만한 책이 많지 않다. 많이 개선되고 있지만 아직까지도 오래되고 재미없는 책들이 소장되어 있는 도서관이 많다. 학교도서관은 독서의 장소가 아니라 입시공부의 장소로 생각하는 경향이 있다.

수준에 맞게 읽을 책이 부족하다. 특히 중학생 수준에 맞는 책은 드물다. 초등학생은 동화책, 고등학생은 성인 문학을 읽을 수도 있지만, 중학생들의 수준에 맞고 재미있는 책이 부족한 현실이다. 독서감상문을 억지로 쓰게 하는 것은 독서가 힘들고 재미없는 것으로 느끼게 한다.

학교에서 체계적인 독서교육이 없다. 독서 선진국인 미국이나, 프랑스, 독일, 일본과 같이 학교에서 독서교육을 해야 한다. 다행히 우리나라의 경우 2002년도부터 시작된 새 교육과정에 권장도서 목록을 제시하여 독서교육을 하고 있다. 세부적으로 독서발표회를 운영하고 그 결과를 성적에 반영토록 하고 있다. 독서교육을 위해서 학교도서관을 점차적으로 건립하고 있으니 다행스럽다. 최근 미국의 통계에 따르면 12세에서 18세에 이르는 청소년들의 50% 이상이 독서를 즐긴다고 한다. 또한 이들의 68% 이상이 독서가 지루하다거나 낡은 방식이라고 생각하지 않는다. 그들은 1년에 10권 이상의 책을 읽는 것으로 답하고 있다. 미국은 어릴 때부터 독서문화가 정착되어 있음을 알 수 있다.

우리나라에도 대학입시에서 논술고사를 실시함으로써 학생들의 독서량이 늘어나고 작문실력이 향상되었다. 그러나 학생들에게 논술을 따로 공부하게 함으로써 수십 종의 논술참고서가 쏟아져 나오게 되었다. 이러한 현상은 오히려 독서력 증진보다는 시험대비에 치우치게 되고 학생들의 자유로운 감성이나 논리적 사고에 오히려 부작용만 가중시킨 꼴이 되지 않았을까 걱정스럽다. 이제 초·중·고등학교는 물론이고 대학에서도 독서교육이 중요한 항목으로 받아들여지게 되었다.

참으로 좋은 현상이다. 독서교육 전문가가 함께 고민하면서 청소년들을 위한 새로운 독서문화를 만들어 가야 하겠다. 공원, 지하철, 버스, 캠퍼스 어디서나 책을 들고 읽고 있는 사람을 볼 수 있는 문화가 만들어져야 하겠다.

1. 독서의 중요성을 모른다

독서는 중요하다. IQ와 EQ가 높아진다. 빌 게이츠는 "오늘날 나를 있게 한 것은 우리 마을 도서관이었다."라고 하였다. 어릴 때부터 도서관을 이용하며 꿈을 키웠고, 독서를 통해서 얻은 아이디어로 마이크로소프트 회사를 창립하고, 세계적인 컴퓨터 프로그램 전문가, 최고의 갑부가 된 것이다. 빌 게이츠는 하루에 1시간 이상 책을 읽었다고 한다. 독서가 중요한 하나의 이유는 독서와 학력의 관계 때문이다. 독서 능력과 학업 성취는 어떤 관계가 있을까? 이영석 교수의 연구에 의하면 빠르고 정확한 독서 능력을 갖춘 학생은 많은 양의 정보나 지식을 보다 효과적으로 획득하고 있고, 반대로 독서 능력이 부족하거나 결여된 학생은 글을 읽는 속도, 어휘력이 부족하기 때문에 전부 읽었다 하더라도 그 내용을 정확히 파악하지 못하는 경우를 많이 볼 수 있다고 하였다. 위티(P. A. Witty)와 코펠(D. Kopel)은 '독서 능력과 지능은 정비례한다.'고 하였다. 또한 게이츠(A. I. Gates)도 "읽기의 성공과 지능지수 사이에는 아주 높은 상관관계가 있다."고 지적하고 있다. 이처럼 독서능력의 발달과 지능적 요인과는 밀접한 관계가 있는 것이다.

서양의 학자에 의하면 학습부진의 20% 정도는 독서력 문제에서 기인한다고 주장하였다. 여러 학자들의 연구를 종합하면 학업성취와 성격발달에 독서가 많은 영향을 준다는 사실을 알 수 있다. 수학 영재도 책 읽는 습관을 통해 길러진다는 연구결과가 있다. 한국교육개발원 연구팀이 역대 국제수학올림피아드 참가자 27명(남 23명, 여 4명)을 대상으로 조사한 결과를 보면, 83%의 학생들이 "어려서부터 책 읽기를 좋아했다."고 응답했다. 그리고 학생들의 집에 평균 250권의 책을 갖고 있으며, 백과사전과 사전류 등 참고할 만한 도서를 갖추고 있었다고 한다.

미국에는 독서가 얼마나 중요한 것인가를 보여 주는 연구결과가 있다. 미국교육과학연구소는 「미국의 리더는 어떻게 만들어지는가」라는 보고서를 발표하였다. 이 보고서에 따르면 미국사회를 이끌어 가는 리더들 대부분은 초등학교 때 세계 명작 등 좋은 책을 많이 읽은 독서광이란 공통점을 가지고 있다. 그리고 "초등학교 시절에 읽은 책의 양과 질이 그 사람의 인생의 방향과 질을 결정한다."는 결론으로 초등학교 독서교육의 중요성을 강조하였다.

독서는 중요하다. 사람은 책을 만들고, 책은 사람을 만든다. 책 속에 길이 있다. 책은 말 없는 스승이다. 무릇 책을 읽을 때는 반드시 책상을 잘 정돈하고, 마음가짐을 깨끗하고 단정하게 하고, 책을 가져다가 가지런히 놓고는 몸을 바른 자세로 책을 대하고, 자세하게 글자를 보며, 자세하고 분명하게 읽어야 한다. 독서는 마음의 양식이다.

2. 독서를 하지 않는다

　최근 국민독서실태 조사에 의하면 우리나라 성인들은 1년에 평균 11권의 책을 읽고, 성인들 중에서 76.3%는 1년 동안 적어도 한 권 이상의 일반 도서를 읽은 것으로 나타났다.

　그러나 우리나라 성인들의 연평균 독서량은 1.0권 늘어난 11.0권으로 조사돼 지난 10년간 최고를 기록한 셈이다. 이것은 책을 읽지 않는 비독서인구가 최근 28.0%에서 23.7%로 감소하였고, 독서인구의 연간 독서량도 최근 평균 13.9권에서 14.4권으로 늘어났기 때문으로 해석된다. 한편 학생들의 한 학기 독서량은 초등학생 19.4권, 중학생 9.5권, 고등학생 6.3권으로 나타나, 초등학생과 고등학생은 감소하였으나 중학생은 오히려 증가한 것이다.

　성인들의 독서율은 76.3%로 나타나 최근 4.3%가 늘었고, 학생의 한 학기 독서율은 89.0%이며 상급학교에 진학할수록 독서율이 감소하는 것으로 사실 이것이 문제이다.

　독서시간의 경우 성인은 평일에 37분, 주말은 27분으로 평일은 6분이 늘어난 반면 주말은 2분 줄어든 것으로 조사되었다. 학생들은 평일에 47분, 주말은 49분으로 큰 차이가 없고, 다만 전체적으로 지난 1990년대 중반 이후 독서시간이 계속 줄어들고 있는 것으로 조사되었다.

　성인들이 독서하는 주된 목적은 "새로운 지식, 즉 정보 습득"이 30.4%로 가장 많았고, "교양함양, 인격형성"과 "마음의 위로, 평안"을 얻기 위함도 각각 18.6%, 12.5%로 나타났다. 그러나 "독서가 즐겁고 습관화되어서"라는 응답은 4.7%에 불과하여 독서하는 그 자체를 즐기는 성인은 많지 않음을 보여 주고 있다.

성인들이 평소 즐겨 읽는 분야는 일반소설 22.2%, 수필 · 명상 7.8%, 추리소설 6.4% 등 문학이 42.5%로 가장 많았고, 실용 · 취미 22.6%, 교양 15.5% 순으로 나타났다.

반면에 중 · 고등학생들은 일반소설에 대한 선호도가 가장 높았으나 만화, 무협 · 판타지 소설, 추리소설, 연예 · 오락 순으로 나타났다.

성인들의 공공도서관 이용률(적어도 1년에 한 번 이상 이용)은 24.7%로 보다 상당한 증가세를 보여 주었다. 그러나 공공도서관이 발전한 유럽 15개국의 평균치 29.8%보다는 낮은 수치를 보여 주었다.

독서 장려방안에 대한 의견은 공공도서관 증설 및 구비 도서 확충과 대중매체의 책 관련 정보 제공 확대 등 사회적 독서환경 개선이 필요하다는 의견이 58.6%로 절반 이상을 차지하였다. 또한 "학교 독서교육의 활성화" 등 학교의 독서환경 개선이 필요하다는 의견이 18.9%, "양서출판 지원", "독서진흥 관련 정부예산 확대", "독서관련 전문인력 양성" 등 독서 장려를 위한 정부의 정책적 지원 노력이 필요하다는 의견이 22.3%로 조사되었다.

그리고 독서 장려를 위하여 출판사, 정부, 학교 등에 바라는 점을 자유롭게 물은 결과, 출판사에 바라는 점은 도서 가격 인하, 양서출판의 활성화, 다양한 종류의 도서출판, 재미있는 출판 등이었으며 정부에 대해서는 도서관 증설 및 활성화, 독서캠페인 강화, 학교도서관과 학급문고의 활성화, 독서분위기 조성, 교사의 적극적인 독서지도, 독서관련 행사 개최 등을 주문하였다

3. 독서에 관한 행사를 모른다

도서관법에는 매년 9월을 독서의 달로 정하고 국가, 지방 자치단체, 공공단체, 독서관련 단체 및 직장 등에서는 실정에 따라 각종 행사를 하게 되어 있다.

4월 23일 '세계 책의 날'을 앞두고 독서진흥운동이 다채롭게 펼쳐지고 있다. 책읽는사회만들기국민운동은 지난 4월 1일 서울 중랑구 보건소에서 '북스타트 운동' 선포식을 가졌다. 북스타트는 1992년 영국에서 출범, 현재 미국, 일본, 캐나다 등지로 보급된 시민운동인데, 생후 1년 미만의 영아와 부모가 예방접종을 위해 보건소에 오면, 책 선물과 회원카드를 만들어 주어 '책 장난감'과 함께 자연스럽게 평생 독서 습관을 익히게 되는 운동이다. '세계 책의 날'은 UNESCO가 도서보급과 독서를 통한 세계인들의 이해 · 관용 · 대화 촉진을 기치로 1995년 제28차 총회에서 매년 4월 23일을 '세계 책과 저작권의 날'로 정하면서 시작되었다. 이와 같이 우리나라 초등학교 도서관에서도 1학년 입학생들에게 책을 선물하고, 독서하는 방법이 들어 있는 가방을 선물하여 자연스럽게 책과 도서관과 친하게 지내고, 어릴 때부터 독서하는 습관을 길러 주면 어떨까 생각해 본다.

책과 독서, 그리고 도서관에 관한 기념행사가 있다. 4월 12일부터 18일까지 한 주간이 도서관주간이다.

어떤 어린이 신문에는 "엄마, 아빠 손잡고 도서관을 찾읍시다."라는 기사가 있었다. 도서관주간(12~18일)을 맞아 다양한 행사가 전국 도서관에서 펼쳐진다는 기사와 함께 국립중앙도서관은 독서문화를 높이기 위해 문화관광부 추천 도서전을 18일까지 1층 전시실에서 갖는다. 그리고 서울어린이도서관의 경우 어린이 글짓기 교실, 책 만들기 교실, 어머니 독서 세미나 등 13가지 프로그램을 이 기간 동안 마련한다는 기사를 본 적이 있다.

해마다 6월 초에 개최되는 서울국제도서전이 있다. 지난 6월 4~9일까지 서울의 코엑스 태평양관에서 개최되었다.

서울국제도서전에 가면 신기한 책도 있다. 세계에서 가장 오래된 책도 있다. 작은 책도 있다. 어린이도서 코너에는 사람들이 제일 많다.

매년 9월 독서의 달은 도서관 및 독서진흥법에 의하여 반드시 실시하여야 하는 국가적 행사이다. 공공도서관에서는 독서의 달에 가족문학의 밤, 학생 시화전 개최, 책 바꿔가기 장터 운영, 독후감 공모와 시상, 자녀독서지도 특강, 다독자 및 모범이용자 시상 등 다양한 행사를 한다.

매년 10월 11일은 책의 날이다. 이날은 팔만대장경이 완성된 날이다. 대한출판문화협회가 각계의 의견을 모아 제정한 날이다. 책의 날은 찬란한 우리 출판문화의 전통을 다시 한번 국내외에 널리 알리고, 세계사의 주역으로 나서기 위한 각오를 새롭게 다짐하는 날이라고 보면 된다. 학생들은 밸런타인데이, 화이트데이는 아는데, 책의 날은 모른다.

이와 같은 책과 독서, 도서관에 관한 행사를 알고 지도하면 좋을 것이다.

4. 독서교육이 문제이다

독서교육은 계획적인 독서를 통해 유익한 지식과 정보를 얻어 이를 종합하고 가공하는 능력을 기름으로써 21세기 지식 기반 사회, 경쟁과 협력의 세계화 시대를 이끌어 갈 신지식인을 육성하는 데 필수적인 교육이다. 이런 관점에서 독서교육은 국어 교육이라는 고정 관념을 탈피하고 인성교육과 가치관 함양이라는 교양적인 차원을 넘어서서, 전 교과 교육에 걸친 기본 학습력 신장을 위한 교육으로 진흥시켜 나가야 한다.

학교에서의 독서교육은 교과교육은 물론 특기 · 적성 교육과 연계되어 이루어져야 하며, 모든 교과에 걸쳐 자기 주도적 학습 능력 신장에 기여하고 교과 학습의 내실을 기하고 계획적인 독서 교육 프로그램을 통해 인성을 함양하고 사고력과 창의력을 기르며 올바른 가치관을 함양하도록 해야 한다. 독서교육은 21세기 지식 기반 사회가 요구하는 인성과 창의성을 지닌 신지식인을 육성하기 위한 "교육비전 2002: 새 학교문화 창조" 계획이 지향하는 기본 정신을 구현할 수 있는 중요한 교육 활동이라 할 수 있다.

7차 교육과정의 목표는 21세기의 세계화 · 정보화 시대를 주도할 자율적이고 창의적인 한국인 육성이다. 구체적인 목표로는 건전한 인성과 창의성을 함양하는 기초 · 기본 교육을 충실히 하고, 세계화 · 정보화에 적응할 수 있는 자기 주도적 능력을 신장시키며, 학생의 적성, 능력, 진로에 적합한 학습자 중심 교육의 실천과 지역 및 학교의 교육과정 편성·운영의 자율성 확대이다.

독서는 EQ(감성지능)를 높이는 데에 매우 효과적인 방법이다. 책은 저자나 주인공이 되는 간접 경험의 보고(寶庫)이다. 어린 시절에 좋은 책을 많이 읽었다는 것은 인류의 스승들을 자신의 스승으로 모신 것과 같으며, 이미 어린 시절에 절반의 성공을 거둔 것과 다름없다고 말할 수 있다. 또한 독서는 인간의 내적 가치관을 결정하는 큰 길이다. 독서는 지식의 보고이다. 배우는 일은 끝이 없으며, 인간이 존재하는 한 항상 배우며 살아가는 것이다. 이것이 바로 평생교육이 필요한 이유다. 평생교육의 최선의 방법은 독서이다. 이 독서로 많은 지식을 일생 획득하는 것이다. 그러므로 독서는 우리들의 지식을 축적하는 보고이다. 우리는 '언제', '어디서'나 독서하는 생활을 습관화하여 교양을 쌓고, 인격을 형성하여 바람직한 인간이 되어 가는 것이다. 독서는 수양의 비결이다. 인간의 정신세계는 지적 충족만으로는 살찔 수가 없다. 반드시 덕성의 함양이 있어야 한다. 덕성을 갖추지 못한 지식은 인류 사회의 독소가 되는 것이다. 그러므로 건전한 철학을 지닌 윤리의 근본은 독서를 통해서 취하는 것이 기본 양식이다. 독서는 취미의 화원이다. 즐거움이 없는 인간은 오아시스가 없는 사막과 같다고 할 수 있다. 그러므로 즐거움을 가질 수 있는 것은 건전한 삶을 영위하는 지름길이다.

독서는 성공의 첩경이다. 인간의 성공은 근면, 인내, 노력이 필수 조건이지만, 전문적 지식과 기술의 연마 없이는 성공을 기약할 수 없는 것이다. 모든 업무에 종사하는 사람은 쉬지 않고 새로운 지식과 정보를 얻어서 창의성을 발휘해야 그 개인이나 기업이 성장 발전할 것이다. 그러므로 공공도서관은 지역주민의 독서의 생활화를 위하여 독서계획을 수립하고 실시하며, 강연회, 전시회, 독서회, 기타 문화활동 및 평생교육을 주최하고 장려해야 할 것이다.

공공도서관은 지역주민들의 교양, 연구, 정보획득, 오락, 사고능력 함양, 커뮤니케이션 증진을 위해서 독서문화 수준을 향상시키는 부단한 활동을 해야 할 것이다. 또한 공공도서관 활동의 개발은 먼저 독서프로그램의 개발로 주민들이 관심 주제에 쉽게 접근할 수 있는 독서회를 조직하여 육성시키는 것이 좋을 것이다.

5. 독서교육 환경이 문제이다

독서환경은 사서와 자료 그리고 시설이다. 학교에서는 학교도서관이요, 사회에서는 공공도서관이며, 대학에서는 대학도서관이다. 또한 직장에서는 전문도서관이다.

독서환경 중에서 무엇보다 중요한 것은 공공도서관이다. 지역사회에서는 공공도서관이 중요하다. 우리나라는 선진 외국에 비하여 공공도서관 수가 적다.

특히 청소년을 위한 독서교육 환경은 사서교사이다. 교사의 질이 곧 교육의 질이다. 지식기반 사회에서 교육의 경쟁력은 인적자원이 좌우하며, 교사 개개인의 직무수행 핵심역량이 바로 교육의 질이다. 학교도서관의 운영에 있어서 교장선생님의 역할이 중요하다. 사서교사의 열의가 중요하다. 이용자의 자세가 중요하다.

사서교사가 중요하다. 사서교사는 사서이자 교사이다. 학교도서관 운영 전문가이자 정보 활용교육 담당자, 독서교육 전문가이다. 그리고 다양한 매체를 운용하는 미디어 전문가이다. 사서교사가 열성을 가지고 학교도서관을 운영하고, 도서관교육을 하며 교과교사와 같이 협력수업을 진행해야 한다. 독서교육도 계획적으로 해야 한다. 독서환경은 자료가 중요하다. 학교도서관 자료를 교육자료라고 한다. 교육자료에는 도서자료와 비도서자료가 있다. 도서자료라 함은 종이에 인쇄된 책을 말한다. 비도서자료는 책이 아닌 자료, 즉 괘도, 지도나 비디오테이프, 녹음테이프, 슬라이드, 필름, CD, CD-ROM, e-book 등 시청각 자료를 말한다. 학교도서관 자료는 교원과 학생의 교수-학습활동에 필요한 자료이다. 교과서의 내용을 보충해 줄 수 있는 교과학습 자료, 그리고 교양학습 자료, 참고도서, 정기간행물, 독서 권장 도서 등을 골고루 갖추고, 교사들을 위한 교사용 참고자료를 구비해야 한다.

도서관자료는 내용적인 면도 중요하고, 표현적인 면, 구성적인 면, 형태적인 면, 서지적인 면도 중요하다. 특히 내용적으로 건전성도 중요하지만 장정, 제본, 활자와 인쇄, 용지 등 형태적인 면도 매우 중요하다.

독서환경은 시설이 중요하다. 학교도서관은 학교 건물의 중심부에 설치해야 좋으며, 통풍과 채광이 잘 되는 남향을 택하여 자연 채광을 충분히 받고, 난방 효과를 거둘 수 있는 곳에 설치하는 것이 좋다. 학교도서관 공간은 학교규모에 탄력적으로 운용하되 대개 교실 2~4칸(268㎡) 기준으로 확보하면 좋겠다. 관리 면이나 협소한 공간을 참작하여 권장할 만한 공간은 교실 2칸 정도이다. 이미 존재하는 학교의 다양한 학교 시설, 즉 시청각실, 컴퓨터실, 자료실 등을 통폐합하여 다기능 복합시설인 학교도서관, 즉 교수-학습정보센터, 교수-학습지원센터를 만들면 더욱 좋다. 내부 공간 구성은 개가식, 개방형으로 하고, 학생들이 이동하는 동선을 고려하여 on-off line 시설의 균형을 유지할 수 있도록 해야 한다. 학교도서관에는 도서관용 탁자와 의자, 서가, 신문가, 잡지가, PC, PC용 탁자, 슬라이드 프로젝트, OHP 등 시청각 기자재가 있어야 한다. 학교도서관 시설은 이용자 중심으로, 이용자가 이용하기에 편리하도록 설치되어야 한다.

6. 독서의 상업화가 문제이다

최근에 우리나라는 책 읽기 붐이 일어나고 있다. 7차 교육과정에다가, 학교도서관 정책, 대학입시에 독서활동 반영 등이 동기를 부여하고 있다. 무슨 이유든지 간에 책 읽기 붐은 바람직하다고 할 수 있다. 문제는 이러한 책 읽기 붐이 우리 독서문화 환경에 어떻게 기여할 것인가이다. 또한 이러한 독서 붐이 상업적으로 이용되어 이득을 챙기려는 일부 사교육업체가 문제이다.

학교교육에서 독서의 중요성이 증대하고, 언론과 시민단체의 독서운동이 독서의 가치를 높여 독서에 대한 사회적 욕구는 증대하고 있으나, 학교나 도서관 등 독서를 담당하는 기관에서는 증가하고 있는 학생이나 시민들의 독서 욕구에 부응하지 못하고 있는 것이 현실이다. 공적 기관에서 독서 욕구를 채우지 못하는 사이에 이 틈을 타서 사적 기관에서 독서시장을 형성하게 된 것이다. 이런 독서시장은 독서의 사교육화를 부채질하고 있다. 그 결과 독서의 가치를 왜곡하는 등 여러 가지 부작용을 낳을 우려가 많다.

독서관련 사교육업체는 도서를 대여해 주고 방문하여 독서지도를 해 주는 아동도서대여업과 가맹점 사업을 통한 유사 독서지도학원을 들 수 있다. 전자는 가정을 정기적으로 방문하여 도서를 대여하는 가정방문독서프로그램이 특징이며, 후자는 독서교육 담당인력양성과 어린이 독서클럽이라는 독서지도학원 운영이다. 이들은 독서과외 활동을 위한 중요 거점으로 활용되고 있어 바로 사교육 증가의 원인이 되기도 한다.

독서의 상업화 중의 하나의 문제는 독서지도사 및 독서치료사 양산으로 생기는 독서의 사교육화이다. 우리나라의 독서지도사 및 독서치료사 자격은 국가에서 부여하는 국가자격이 아니라 민간단체를 중심으로 부여되는 민간자격이다. 독서지도사가 부각되고 있는 것은 수학능력시험과 논술고사의 도입 이후 독서의 중요성이 강조되면서이다. 특히 제7차 교육과정의 핵심인 자기주도적 학습이 독서를 통해 이루어지고 있기 때문이다.

현재 독서지도사를 양성하고 있는 기관은 대학의 부속기관인 평생교육원이나 사회교육원, 언론사나 백화점 부설의 문화센터, 민간단체, 여성 취업을 지원하는 YWCA 산하 여성인력개발센터 등이다. 그리고 최근에는 사이버 독서지도사 양성과정도 개설되고 있는 등 점점 확산되는 추세이다.

독서 사교육화가 초래하는 사회적 부작용이 문제가 되고 있다.

첫째, 독서의 가치가 왜곡되고 있다. 독서교육은 아이들이 책을 읽으면서 스스로 생각하는 힘을 길러 가게 해야 하며, 평생 책과 가까이 지낼 수 있도록 준비하는 것이어야 하는데, 독서를 학습성적을 향상시키는 도구, 명문대학을 가기 위한 방편으로 삼고 있는 것이 현실이다. 사교육기관에서 진행되고 있는 독서교육 프로그램은 대부분이 수학능력 시험이나 대입 논술 대비의 형태로 진행되고 있다. 다시 말하면 시험을 위한 프로그램, 글쓰기 능력의 훈련 차원으로 잘못 교육되고 있는 것이다.

둘째, 독서지도사가 양산되고 있다. 현재 대학의 부속기관인 평생교육원이나 사회교육원, 언론사나 백화점 부설의 문화센터, 민간단체, 여성 취업을 지원하는 YWCA 산하 여성인력개발센터 등에서 배출된 독서지도사 수가 2만 명이 훨씬 넘었다고 한다. 문제는 수에도 있지만 더욱 문제가 되는 것은 교육이다. 교육은 쉽게 되는 것이 아니다. 6개월 내지 1년 과정의 짧은 기간에 이루어지는 사교육을 통해서 취득된 자격으로 교육을 한다는 것이 과연 올바른 일인가는 깊이 생각해 볼 필요가 있다. 물론 개인차에 따라 훌륭한 교육을 담당할 수 있지만 그러나 자격을 검증하는 절차에 따라 공인된 제도가 필요하다고 본다.

셋째, 독서교육의 편중 현상이 일어나고 있다. 다른 교육도 마찬가지이지만 자녀독서지도에 열의가 있고, 경제적 여유가 있는 가정의 자녀들은 독서교육 혜택을 받고 그렇지 못한 가정의 자녀들은 독서교육을 받을 기회가 부족하게 되는 것이다. 바로 독서과외가 문제이다.

특정 지역이나 부유한 가정에서 실시되고 있는 독서 열풍, 즉 학원이나 개인교습을 통해서 이루어지는 독서과외가 문제이다. 그러므로 독서교육의 사교육화를 다음과 같이 가능한 한 줄이려는 노력을 해야 한다.

첫째, 학교의 사서교사가 독서교육을 전담해야 한다. 초등학교부터 독서교육을 해야 한다. 초등학교부터 학교도서관을 설치해야 한다. 학교도서관에 사서교사를 정식으로 배치해야 한다. 학교도서관에 도서를 비롯한 교육자료를 충분히 마련해야 한다. 독서교과목을 교과과정에 채택하여 독립된 수업시간에 독서교육을 해야 한다.

둘째, 공공도서관에서 독서교육을 강화해야 한다. 공공도서관의 기능은 정보제공, 문화활동, 평생교육이다. 거기에다 독서활동을 하나 더 추가해야 한다. 공공도서관에 어린이도서실을 만들고 사서교사를 배치해야 한다. 정기적으로 독서교육을 해야 한다. 독서교육 프로그램을 개발하여 공공도서관에 보급해야 한다. 독서회를 조직하여 활성화해야 한다.

셋째, 문헌정보학과에서 독서교육을 강화해야 한다. 현재 문헌정보학과 교과과정에 독서교육을 하는 학과가 대부분이지만 아직도 개설하지 않은 대학이 있는 것으로 알고 있다. 있다고 하여도 제대로 교육되지 못하고 있는 실정이다. 독서교육을 강화해야 하겠다. 그리하여 사서들이 독서교육 전문성을 갖추고 현장에 배출될 수 있는 노력을 대학에서 해야 한다. 독서교육의 질은 사서교사의 질 이상도 아니고 이하도 아니다.

대통령 기념 도서관을 세우자

곡천 이만수

지금 한국에는 대통령 문화가 없다고 한다. 우리도 대통령 문화를 만들자. 대통령학이 대학의 강단에서 강의되고 연구되고 있는 것은 바람직하다. 대통령은 집권기에 화려하게 군림하는 통치자가 아니라, 영원히 평가받고, 연구되는 국민의 대표이다. 한국도 대통령 기념도서관을 건립하자. 그리하여 관광명소로 만들고 후세들에게 살아있는 학습의 장을 만들자. 다시는 불행하고 실패한 대통령이 아니라 영원히 기억되고 성공한 대통령이 되게 하자. 대한민국도 전직 대통령의 기념도서관을 건립하여 대통령 문화를 새롭게 만들어 갔으면 하는 마음이다.

Part 8

독서는
마음을
치료할 수
있다

독서는 마음을 치료할 수 있다

●

독서는 마음을 치료할 수 있다. 독서치료란 주로 병원도서관에서, 의사와 독서치료용 도서에 관해 도서관 직원의 협력으로 행할 수 있는 방법으로 정신의학에서 치료의 보조수단으로 정선된 적절한 도서를 읽히게 하는 치료수단이다.

학교도서관을 중심으로 상담교사, 사서교사의 협력으로 진행될 수 있는 방법으로 독서를 통해 인격문제의 해결, 촉진을 도모할 수 있는 독서지도를 말한다. 이와 같이 독서치료는 책을 도구로 정서적 문제 및 장애를 가진 사람이나 정상적인 사람을 대상으로 예방 및 치료의 효과를 거둘 수 있다.

독서치료는 두려움과 죄책감, 혹은 수치심 때문에 토론되지 않을지도 모르는 문제에 관하여 비교적 저항을 받지 않고 이야기하도록 자극하는 데 탁월한 기술이다. 문학작품 속에서 자신과 비슷한 문제를 겪는 인물들을 읽는 것은 문제에 대한 느낌들을 입으로 상담자에게 표현하는 데 도움을 줄 수 있다. 독서치료는 환자들에게 그들과 비슷한 문제를 성공적으로 극복한 작중 인물들을 읽을 때 그들에게 현존하는 문제들을 해결하고 직면하는 데 도움을 줄 수 있다. 예를 들면 신체적으로 장애가 있는 사람은 그러한 신체적 조건을 성공적으로 극복한 사람의 이야기를 통해서 직면한 문제들을 극복할 수 있는 것이다. 독서치료법이란 책을 통해서 사람들의 정신적, 정서적인 문제점을 해결하고자 하는 방법이다. 독서치료는 독서지도를 통해서 개인적 문제를 해결하도록 안내하는 것이라고 할 수 있다.

1. 독서치료란 무엇인가?

독서치료는 영어로는 Bibliotherapy로 표현하며, 도서 (book, biblion)와 치료(treatment of disease)의 복합어로 "의학과 정신의학에서 도서를 병 치료의 자료로 활용하는 방법"을 의미한다. 다시 말하면 "병을 치료하기 위해 글 읽기를 활용하거나 문제되는 성격·태도 등을 건전한 방향으로 유도하기 위해 글 읽기를 치료 방법으로 하는 모든 활동"이라고 할 수 있다.

독서치료에 대한 다른 용어로는 독서요법, 독서상담, 독서교육, 독서심리, 개인그룹치료, 도서관치료학, 독서예방, 문학치료 등이 있다.

독서치료 방법이 20세기 이후에 체계적인 학문의 한 분야로서, 임상효과를 지닌 치료수단의 하나로서 발전된 것은 미국이다. 루빈은 Samuel McChord Crothers가 1916년 『Atlantic onthly』 글에서 처음으로 Bibliotherapy라는 용어를 사용하였다고 주장하였다. 그리고 그리스어의 Biblion(book, 도서)과 Oepatteid(healing, 치료)에서 조합된 이 용어는 1941년 『Doland's Illustrated Medical Dictionary』에 처음으로 그 정의가 수록되었으며, 미국도서관협회는 1966년에 1961년판 『Webster's Third New International Dictionary』에 수록된 정의를 공식적으로 채택하였다. 미국에서 처음으로 환자를 치료하기 위한 일부로서 병원에서 독서를 권장한 사람들 중에는 1815년의 B. Rush와 1853년의 J. Minson Galf 2세가 있는데, 이 두 의사는 독서치료 방법을 일반 치료방법과 대등한 위치에까지 접근시켰다고 한다.

독서치료 방법은 일반적으로 책을 통해 치료한다는 것이며, 먼 옛날부터 시작된 역사가 긴 치료법이다. 고대 그리스의 도시인 테베(Thebes)의 도서관 입구에는 "영혼을 치료하는 곳"이라는 말이 새겨져 있다. 테베의 사람들은 책이 의사소통이나 교육, 치료 등을 통하여 생활을 질적으로 더욱 풍부하게 해 준다고 하여 소중하게 여겼던 것이다. 이처럼 독서치료는 의학계와 도서관계에서 책을 통해 환자의 병을 치료한다는 정의를 공식 사용함으로써 학문의 한 영역으로 자리매김하고 있다. 독서가 "인간의 행동에 영향을 줄 수 있다."는 전제는 인격과 행동 등에 있어 정신적인 문제를 가지고 있는 사람의 치료에 독서효과를 활용할 수 있는 것으로 정신의학에 있어서 작업요법(作業療法)과 음악요법 등과 같은 치료법으로, 독서에 있어 정신적인 장애를 제거하고, 그 문제해결을 지도하여 인격적 적응을 정상화하는 것을 목표로 하는 기술이다.

Hebert(1991), Pardeck(1994), Rosen(1987) 등은 독서치료는 독서자료를 읽거나 들은 후에 토론이나 역할놀이, 창의적인 문제해결 활동 등 구체적으로 계획된 활동을 함으로써 독서자료에서 문제에 대한 통찰력을 이끌어 내도록 돕는 것이라고 하였다.

1980~90년대에 독서치료의 이론과 적용 양면에서 많은 공헌을 하고 있는 존 파르덱과 조엔 파르덱 부부는 독서치료 방법을 간단하게 "치료에 책을 사용하는 기법"이라고 정의하였다. 모리스 밴은 특히 어린이들을 대상으로 한 독서치료를 "읽기를 통한 지도, 즉 어린이들이 독서와 책의 토론을 통하여 성장기의 갈등을 해결할 수 있도록 돕는 것"이라고 정의하였다. 스티븐스는 "책과 독서를 통하여 문제를 해결하는 것" 혹은 "책을 갖고 돕는 것"이라고 정의하였다.

황의백은 독서치료를 "인격적 적응 면에서 문제를 갖고 있는 사람에게 적당한 책을 읽게 함으로써 그 문제를 해결하고 그의 적응력을 정상적으로 키우는 하나의 가이던스 기술이다."라고 하였다.

독서치료는 책을 통해 사람의 정서적·사회적·정신적 부적응 문제를 치료하고자 하는 임상 상담의 한 분야이다. 수세기 동안 책은 많은 사람들에게 다양한 분야에서 상담자로서 역할을 해 왔다. 책을 통하여 독자들은 자아를 발견하고 새로운 역할을 해 온 것이다. 다시 말하면 독자들은 책을 통하여 자신이 생각한 관점을 넘어서서 다양한 삶과 스타일들을 접하게 되는 것이다. 좋은 작품은 독자들이 직면한 문제들을 다루는 데 도움이 되는 모델들을 제공한다.

웹스터 사전은 독서치료를 "직접적인 독서를 통한 개인적 문제의 해결을 안내하는 것", 랜덤하우스 사전에는 "치료에 부수되는 개선책으로서 독서를 사용하는 것"이라고 정의하고 있다. 최근에는 독서치료를 상담가, 심리치료자, 정신과 의사, 그리고 교육가를 포함한 다양한 전문가들이 다양하게 활용하고 있다.

독서치료 방법은 정서적 문제들과 정신적 질환을 가진 사람들을 치료하는 데 문학과 시를 사용하는 것이다. 독서치료법은 흔히 사회적 그룹 워크와 그룹 치료에 사용되고, 모든 연령에 효과가 있다고 보고되고 있으며, 의료기관에 있는 사람들뿐만 아니라 외래 환자들과 개인적인 성장과 발전의 수단으로 문학작품을 나누기 원하는 건강한 사람들에게도 효과가 있다고 보고되고 있다.

다시 말하면 독서치료는 성격이나 행동에 있어 사회 적응에 문제를 가지고 있는 사람에게 적당한 독서를 제공함으로써 스스로 문제를 해결하고 적응을 정상화할 수 있도록 하는 정신요법의 한 분야로 자기 치료를 돕는 가이던스의 한 기술이다.

2. 독서치료에는 단계가 있다

독서치료법에 있어서 상담자와 내담자 사이에 준비단계, 읽을 자료의 선택 단계, 이해를 돕는 단계, 후속조치와 평가 단계로 나누어 다음과 같이 4단계로 구분한다.

1) 준비단계

이 단계에서의 주목표는 내담자와 상담관계를 형성하고 그가 호소하는 문제의 성격을 파악하는 일이다. 필요하다면 표준화된 검사척도를 사용할 수 있고 상담을 어느 정도 구조화한다. 즉 어느 시간에 몇 번 만날 것인지를 결정하는 것이다

(1) 내담자와 먼저 신뢰관계를 형성한다.
(2) 내담자와 함께 그가 지닌 문제가 무엇인지 명료화한다.
(3) 그 문제의 범위와 성격을 진단한다.
(4) 기타 필요한 대로 내담자의 상황을 파악한다.

2) 읽을 자료의 선택 단계

독서치료에 있어서 적절한 책을 선정하는 것은 개입의 핵심 부분이다. 그러기 위해 내담자의 심리·정서적 문제 해결을 돕는 책이어야 하고 더불어서 선택된 책이 내담자

의 독서연령(Reading Age)을 고려한 것이어야 한다. 너무 쉬운 책은 무시당하는 느낌이 들게 하고 너무 어려운 책은 좌절감을 불러일으킬 수 있다. 아동용 읽기능력 척도는 이미 개발되어 있으므로 임상현장에서 활용할 수 있다. 독서연령을 체크할 때는 책을 읽어 낼 수 있는 능력이 어느 정도인가 하는 점뿐 아니라 내담자가 어떤 분야에 관심이 있는지를 고려한다. 예컨대 똑같은 위인전이라도 스포츠를 좋아하는 사람은 운동선수의 전기를, 과학에 흥미 있는 사람은 과학자의 전기를 선호한다고 볼 수 있다.

(1) 내담자의 관심과 독해력 수준에 맞는 양질의 책을 선택한다.

(2) 준비단계에서 밝혀진 내담자가 지닌 문제의 성격에 적합한 책을 선택해야 한다.

(3) 내담자가 해결하고자 하는 문제에 대한 해결책이 있는 책이어야 한다.

(4) 자료 소개 단계이다.

(5) 내담자의 관심을 고조시키는 방법으로 책을 소개한다.

(6) 책에 대한 과도한 부담감이나 건강하지 않은 감정적 반응을 포착하고 조절한다.

3) 이해를 돕는 단계

독서치료의 몸통과 같은 단계로서 주로 질문을 사용한다. 좋은 질문은 지금까지 보지 못했던 세계로 안내하는 문의 역할을 하는 단계이다. 이 단계에서 독서요법의 4가지 원리가 적용되도록 한다. 즉 동일시의 원리, 카타르시스의 원리, 통찰의 원리, 문제해결 모델의 원리가 일어나도록 촉진하는 것이다.

(1) 책의 주요 등장인물이나 문제를 탐구하도록 돕는다.
(2) 등장인물들을 어떤 특정한 행동으로 이끄는 동기에 특히 관심을 갖도록 돕는다.
(3) 책에서 시도되는 문제들과 해결책, 그리고 다른 해결책의 과정을 찾아내도록 돕는다.
(4) 책의 등장인물들이 지닌 문제와 내담자가 지닌 문제 사이의 유사성을 직시하도록 돕는다.

4) 후속조치와 평가단계

한 가지 간단한 습관을 교정하는 데에도 약 8~12주의 기간이 필요하다고 한다. 문제해결은 시간을 요하는 과정이다. 내담자의 문제가 해결될 수 있도록 격려하고 개입의 문제점을 발견하여 수정해 가는 과정이 필요하다. 특히 내담자가 집에서 책을 읽어 오는 경우라면 책의 선정이 적절했는지 세심하게 체크할 필요가 있는데 독서요법의 핵심적 개입이 적절한 도서 선택에 있기 때문이다.

(1) 내담자가 위의 3단계를 통해 깨달은 바를 실제 행동에 옮길 수 있도록 격려한다.

(2) 내담자가 성공적으로 수행할 만한 합리적인 행동을 발전시키도록 돕는다.

(3) 자신이 결심한 바를 실제 행동에 옮겼는지 모니터한다.

(4) 결심한 행동이 효과적이 될 때까지 재시도하도록 한다.

3. 독서치료에는 방법이 있다

독서치료에는 개인을 대상으로 한 치료자와 환자와의 인간관계에 기초를 두고 실시하는 개인치료 방법과 집단을 대상으로 하여 그 역학에 기초를 두고 실시하는 집단치료법이 있다.

1) 개인치료

환자와 책을 대화시키는 것에 의하여 자기치료를 돕는 방법이다. 여기에는 치료자와 환자와의 면접 혹은 독서기록의 교환, 때로는 양자 병용에 따른 것이 있다. 그것은 치료자와 환자와의 대화에 의하여 치료를 행하는 것이다.

독서는 본래 개인적인 것이기 때문에 개별화된 독서지도는 독서치료의 전형적인 방법이다. 보통 개인면접, 독서기록 방법이 있다.

(1) 개인면접

책을 읽은 후의 감상을 중심으로 이야기하면서 자기인지를 촉구하고 그 결과 문제해결을 돕는 것을 말한다. 거기에는 치료자와 환자와의 친화감이 충분히 성립되어야 한다.

(2) 독서기록 방법

치료자와 환자와의 이야기를 독서 노트나 편지에 의하여 행하는 문서 커뮤니케이션 방법이다. 원거리에 있는 환자나 면접시간이 충분하지 않을 때 적용하는 방법이다. 이 방법은 내성적인 성격으로 말로는 표현하지 못하는 환자에게 사용함으로써 환자의 내면에 체제화가 되는 점에서 효과가 있다. 그러나 한편으로는 마음에도 없는 작문이 되어 버려 치료효과가 충분히 달성되지 못하는 경우도 있다.

2) 집단치료

치료를 목적으로 하는 집단을 구성하고 그 집단에 대하여 책을 처방하는 방법이다. 여기에는 집단성원을 치료하는 방법과 집단 활동에 참가시키는 것에 의하여 치료하는 경우가 있다.

(1) 독서회 방식

독서지도를 하는 데 집단적 지도방법의 하나로 독서회가 있다. 이것은 회원조직을 가지고 정기적으로 계속 모여 일정한 책을 중심으로 독서활동을 행하는 것이다. 책은 각자가 따로따로 읽고, 모였을 때 지도자와 함께 토론하는 것이 보통인데, 사정에 따라서는 순서를 정해 누군가가 읽어 오고 모임자리에서 그것을 소개하고 토론을 한다든가, 혹은 모임자리에서 차례대로 누군가가 음독(낭독)하고 다른 사람은 들으면서 묵독하고 토론을 하는 등 여러 가지 응용 형식이 있다.

개인적으로 독서시간을 충분히 가질 수 없는 사정이 있다든가, 독서능력이나 흥미를 갖는 데 결함이 있는 사람이 섞여 있기 때문에 적당한 형식을 선택해야 한다. 이러한 독서법의 특색은 독서의 동기 부여가 쉽다는 점, 자연스럽게 정독하게 된다는 점, 그리고 가장 중요한 것은 읽은 후에 토론으로 이해를 깊이 할 수 있게 된다는 점 등이다. 이런 특색이 집단적 독서요법에 응용되는 것이다. 특히 독서 후의 토론은 자신의 감상을 이야기함으로써 자기 견해를 정리하고, 또 타인의 감상을 듣는 것으로 자기 견해를 수정하거나 명확하게 하거나 해서 자신감을 깊게 하고, 과제해결의 전망을 얻을 수 있다.

때로는 단순히 자기 감상을 서술하는 것만으로도 자신이 가지고 있는 고민이나 욕구 불만을 해소시키는 카타르시스 역할을 하는 경우도 있다. 이것은 개인요법의 경우와는 달리 듣는 사람이 자기 동료라는 안심에서 자유감이 수반되고 감정전이가 쉽게 이루어지기 때문이다. 치료자는 이와 같은 이점을 놓치지 않도록 주의하여야 한다. 지시방식에 따라 환자에게 지적인 정보를 제공하는 것을 목표로 하는 경우에도 치료자가 중심이 되어 텍스트를 강독하는 태도는 금물이다. 어디까지나 동료끼리의 집단적 사고를 기대하는 자세로 필요할 경우 힌트를 주는 데 그치고, 그들이 하는 자기치료를 존중해 주어야 한다. 아니면 치료자 자신의 체험을 이야기하거나, 참고가 되는 다른 자료를 제공하는 것이 좋다.

더욱이 환자의 감정 해방을 목표로 할 경우 치료자는 그들과 함께 웃고, 함께 슬퍼하는 등 각별히 편안한 태도로 임해야 한다. 또한 치료자는 집단의 토론이나, 구성원의 지위 태도, 행동을 관찰하고 깊이 진단할 수 있다. 또 치료경과나 효과를 평가할 수도 있다. 그러나 이러한 진단요법은 사회성에 결함이 있는 사람에게는 적용할 수 없다. 다만 독서능력이 낮은 집단에게는 스토리텔링이나 읽어서 들려주는 방법을 이용해 치료하는 것도 좋은 방법이다.

(2) 독서서클 방식

일종의 작업요법으로서의 가치를 가지는 것으로 독서회에 의한 치료 효과에 덧붙여 자주적인 서클의 운영이나 활동에의 참가를 통하여 주로 회복기에 있는 환자에게 효과가 있다. 집단독서의 또 한 가지 방식으로 독서서클이 있다. 이것은 동호인이 자주적으로 독서활동을 하는 집단 활동으로서의 성격을 지닌 것이다.

집단치료로서 이 독서서클을 활용하는 것은 독서의 치료 효과와 함께 이런 자주적 서클활동을 통해서 치료하는 데에 의의가 있다. 이는 즉, 일종의 작업요법으로서의 가치를 지니고 있는 것이다. 따라서 계획에 의거해서 특정 환자를 골라 독서서클에 참가하도록 지도하고, 자주적인 서클 운영이나 그 외 여러 활동을 통해 치료목적을 달성시키는 것이다. 또한 다른 치료법으로 독서서클의 운영은 구성원의 자치능력에 따라서 민주적으로 행해진다. 따라서 책의 처방도 어느 정도 그들이 희망하는 것 가운데서 선정하도록 하고 지도자가 거기에 조언을 해 준다. 지나치게 딱딱하지 않은 내용의 읽을거리, 예를 들어 유머소설, 모험소설, 휴머니즘을 테마로 한 소설, 인생론, 수필 등이나 신체적, 정신적 장애를 극복한 픽션이나 전기문, 혹은 인생을 적극적으로 꿋꿋하게 살고자 하는 의욕을 고취시키는 감동소설 등을 자유롭게 선택하는 것이 좋다. 그러나 인생의 어두운 면을 그린 것이나 비극 열정을 자극하는 소설 등은 피해야 한다.

치료 중인 환자를 필요에 따라 참가시키는 것도 의의가 없는 것은 아니다. 운영방법은 독서회 정도면 된다. 모임을 지속시키기 위해서는 운영위원을 선정해 줄 필요가 있으나, 다른 역할이나 모였을 때의 사회자 등은 수시로 교대해서 여러 경험을 해 보게 하는 것이 좋다. 회원의 독서감상문을 편집한 신문을 발행하게 하는 것도 좋은 생각이다. 구성원 모두가 반드시 같은 책을 읽을 필요는 없다. 모일 때마다 각자가 읽은 것을 이어서 발표시키고 그것에 대해 토론시키는 것이 좋다.

이 방식의 집단 독서치료는 그 성격상 적응이상자나 비

행소년 및 가벼운 신경증 환자 등 주로 회복기의 환자에 대해서 사회적 적응이나 사회 복귀를 위한 활동으로 매우 유효한 방법이다. 신체장애자, 소아마비 환자나 교정기관에 있는 비행소년 등에게 적용할 수 있다. 또한 장기 요양 중에 있는 환자나 신경증 환자 등에게는 요양의 고통이나 불안 혹은 사회복귀에 대한 공포, 초조함을 없애는 뛰어난 정신 위생으로서의 의미를 지니고 있다. 이뿐만 아니라 학교에서는 비행예방, 정신위생이나 성격의 교정 등 문제아를 치료하는 데에 적용할 수 있다. 이런 독서서클 활동의 지도는 독서요법의 계획에 의해 사서가 담당하는 것이 바람직하다. 따라서 이러한 집단활동도 도서관 안에서 행하고, 때로는 도서관 봉사에 참가시키는 것도 바람직한 일이다. 이를 위해 학교, 병원, 교정기관에 이러한 치료지도를 위한 도서관을 설치하여 정비하는 것이 필요하다.

(3) 팀에 의한 치료 방식

독서치료는 치료자가 전문가로서의 책임을 가지고 실시해야 하는 것은 말할 필요도 없다. 그러나 독서치료는 독서지도와 정신치료 등 꽤 광범위한 범위의 지식, 기술을 필요로 할 뿐만 아니라 교사, 부모, 의사나 카운슬러 등이 있어야 비로소 충분한 것이 된다. 따라서 이들 여러 사람의 협력에 의해 저마다의 처지에서 그 책임을 분담하여 치료할 수 있도록 팀을 편성하는 것이 바람직하다.

4. 독서치료에는 원리가 있다

독서치료는 독자 자신의 내면적 욕구와 깊이 관련된 자료를 읽음으로써 자기와 매우 닮은 인간상을 발견할 때 경험하는 '자기인지의 충격'에 의해 시작되는 것이다. 문학작품에서 독자의 악순환을 타파하는 장면이 주어져 그의 의식을 확대하여 이해를 풍부하게 하는 새로운 관계 체계가 형성될 때 생기는 정서적 정도의 강도에 따르는 것으로서, 작품 중의 등장인물에 대한 동일시, 정화, 통찰의 3가지 기본적인 과정을 거치면서 치료가 이루어진다. 독서치료의 원리를 이해하기 위해서는 책을 읽는 동안 독자의 내면세계 속에서 무엇이 일어나고 있는지를 이해해야 하는데, 독서행위론적 관점, 분석심리적 관점, 서사(narrative)적 관점, 두뇌 생리학적 관점 등 4가지 면에서 생각할 수 있다.

1) 독서행위론적 관점

독서과정은 인간의 총체적 정신능력과 관련되어 있으며, 독서할 때 신체적 준비도를 포함하여 감각적, 지각적, 연속적, 경험적, 사고적, 학습적, 결합적, 그리고 정서적 측면이 함께 작용한다. 그러므로 책을 한 권 잘 읽어 낸다는 것은 인간의 총체적 정신능력이 건강하게 작동되고 있다고 볼 수 있다. 독서란 단순하게 문자에서 의미를 도출해 내는 해

독의 과정이나 단순한 의미 전달에 그치는 행위가 아니라 독자가 자신의 경험을 토대로 글을 분석, 종합, 추론, 판단하는 주체적인 사고과정이라는 점에서 독서치료의 근거를 찾아볼 수 있다.

인간은 정보를 받아들여 생각한 다음 표현하는 정신적 유통의 존재이다. 이 과정을 컴퓨터와 비교해 보면 읽기와 듣기는 입력에 해당하고 쓰기와 말하기, 혹은 실천으로 옮기는 것은 출력에 해당한다. 사람은 입력된 정보를 단순하게 반복하는 것이 아니라 고도의 정신적 능력으로 재구성한다. 이러한 일련의 유통과정을 통하여 정신적, 인격적 능력이 성장하게 되는 것이다. 그런데 어떤 사람이 입력-처리-출력의 과정 중 어떤 한 가지, 혹은 그 이상의 영역에 결함이 발생한다면 심각한 문제에 직면하게 된다. 독서치료 상담자는 이 유통의 전체 과정에 관심을 가지면서 문제되는 영역에 개입함으로써 치료의 효과를 거두고자 하는 것이다.

최근의 독서치료는 단순히 책을 추천해 주는 정보제공형 독서치료를 넘어서서 읽기, 듣기, 쓰기, 말하기(토론하기)를 통합하는 쪽으로 발전되고 있는데, 이는 독서행위를 총체적 관점에서 보고 접근하는 것이다. 한편 정보제공형 독서는 독서행위에서 입력의 부분을, 시 치료와 글쓰기 치료 등은 출력 영역을 보다 강조한 독서치료임을 알 수 있다. 다음에서 논하게 될 분석 심리적 관점은 독서할 때 독자의 내면세계의 역동에 초점을 맞춘다. 이들 다양한 형태의 독서치료의 흐름은 나름대로 장점이 있기 때문에 내담자의 처지와 문제의 종류에 따라 적절하게 배합하여 사용할 필요가 있다.

2) 분석심리적 관점

책을 읽을 때 독자의 마음속에 어떤 일이 일어나기에 독서가 치료에 효과가 있는 것일까? 이를 설명하는 이론이 분석심리적 관점인데, 다음과 같은 세 가지 원리가 있다.

(1) 동일화의 원리/감정이입(empathy)

감정이입이란 자연계와 인간에 대하여 가지는 자신의 감정을 저도 모르게 다시 그 대상과 인간에게 옮겨 넣고 마치 자신과 같은 감정을 가지고 있는 듯이 느끼는 것이다. 예를 들면 흐르는 시냇물을 보고도 감정을 느끼는 주체자가 슬플 때는 냇물 소리가 슬프게 느껴져 처량한 소리를 낸다고 하고, 주체자가 기쁠 때는 명랑한 소리를 내며 흘러간다고 느끼는 것을 말한다.

즉, 한 독자가 소설의 주인공과 자기를 동일시(同一視)하여 그 주인공이 웃었다는 대목에 이르러서는 자기도 같은 마음에서 따라 웃었다는 것, 또는 무섭게 찡그린 배우의 얼굴을 보면서 관객이 자기도 모르게 얼굴을 찡그리는 것 등은 다 감정이입의 결과이다.

감정이입과 비슷한 개념으로서 공감(共感, sympathy)
이라는 말이 있다. 공감은 주로 인간끼리 동류(同類)의식을
가지는 것을 뜻한다. 즉 『햄릿』을 보면서 내가 감정적으로
햄릿이 되는 것이 아니라, 그의 고민을 동정하고 불쌍히 여
기는 제3자의 감정이 공감인 것이다. 감정이입이 결합시키
는 것이라면 공감은 나란히 서게 하는 것이다.

독자는 공감의 능력이 없으면 작품을 읽을 수 없다. 작
중 인물들은 대개 공감 또는 반감(反感)을 사도록 되어 있
으며, 그들에게 얼마나 옳게 공감하고, 또 얼마나 바르게
반감을 가지는가가 독자의 질을 결정하는 척도가 될 수 있
다. 이로써 미루어 보면 공감은 다분히 지적이고 사상적인
것인 반면, 감정이입은 육체적이고 본능적이다. 작품의 전
달을 위해 위의 두 가지는 다 필요한데, 감정이입에 역점을
두는 작가는 암시성이 강한 말을 골라 구체적이고 세밀한
묘사에 치중할 것이고, 공감에 역점을 두는 작가는 인간 본
연의 성격을 부각시키려 할 것이다.

(2) 카타르시스의 원리

아리스토텔레스가 그의 『시학(Poetias)』에서 "비극은 어
떤 행위를 모방한 것인데 (중략) 애련과 공포에 의하여 이
러한 정서 특유의 정화(카타르시스)를 한다."라고 비극을
정의한 데서 이 용어가 처음 사용되었다. 그 해석은 여러

가지나 크게 두 가지로 나눌 수 있다. 하나는 정화(淨化, purification)요, 다른 하나는 배설(purgation)의 의미이다. 전자는 종교상의 의식에 있어서 죄의 더러움을 씻고 심신을 깨끗이 한다는 뜻에서 전용되어 감정에서 불순한 부분을 씻어 없앤다는 뜻으로 해석되고, 후자는 의학상의 배설이라는 의미의 은유로 해석된다. 즉, 연민과 공포는 인성(人性)의 본연적 경향이지만, 비극적 흥분은 관객의 심리에 쌓이는 이러한 정서를 배출해 감정의 중압에서 해방과 경감의 쾌감을 일으킨다. 한편 정신 분석에서는 마음의 상처나 콤플렉스를 밖으로 발산시켜 치료하는 정신 요법의 일종을 가리킨다.

손정표는 카타르시스(catharsis)를 '정동해발(情動解發)'이라는 용어로 번역하였는데, 치료적인 면에서 볼 때는 대상자의 내면에 쌓여 있는 욕구 불만이나 심리적 갈등을 언어나 행동으로 표출시켜 충동적 정서나 소극적인 감정을 발산시키는 요법이라고 하였다. 즉, 인간의 심리를 분석하는 데 있어서 물리학적인 패러다임을 도입하였는데 인간의 심리적 작용을 에너지의 흐름으로 본다. 즉, 도덕적으로 용인되지 않는 감정들은 무의식 속에 꼭꼭 억압하는데, 그것이 꽉 차게 되면 분출할 수밖에 없다. 에너지의 부정적인 분출이 곧 증상이다. 프로이드는 그러한 억압된 감정을 정신 분석적 상담을 통해 의식화(분출=카타르시스)시켜 주면 치료가 된다고 보았다.

독서치료에 있어서의 카타르시스는 책 속의 등장인물의 감정, 사고, 성격, 태도에 대한 감상을 문장이나 말로 표현하게 하는 소위 감상의 고백을 말한다. 이러한 등장인물에 대한 감상의 고백은 사실 대상자 자신의 내면적인 정서나 사고, 성격, 태도의 투영, 즉 간접적인 고백이기 때문에 다른 심리치료에서 흔히 볼 수 있는 저항도 받지 않는다. 이뿐만 아니라 글이나 말로 감상을 표현해 나가는 동안 의식적인 억제나 억압이 점차 약해져 감에 따라 등장인물에 대한 감상이라고 하는 간접적인 표현이 현실 생활 중의 인물에 대한 감상이라고 하는 직접적인 표현 형태로 바뀌어 나가게 된다.

보통 내담자(독자)는 자신의 문제와 함께 수반되는 분노나 극도의 좌절감, 슬픔과 같은 부정적인 감정에 사로잡혀 있기 때문에 자신의 문제를 다른 시각이나 객관적으로 보는 힘이 약하다. 때문에 일단 카타르시스를 경험하면 그러한 부정적 감정에서 해방되면서 통찰(洞察, insight)이 가능하게 된다. 통찰이란 "자기 자신이나 자기 문제에 대하여 올바른 객관적인 인식을 체득하는 것"을 의미한다.

독서치료자는 내담자에게 자신과 비슷한 문제에 봉착한 책 속의 등장인물의 어떻게 그 문제를 생산적으로 해결해 나가는지를 스스로 깨닫도록 도움으로써 통찰이 일어나도록 촉진한다. 카타르시스를 치료적인 면에서 볼 때 대상자의 내면에 쌓여 있는 욕구 불만이나 심리적 갈등을 언어나 행동에 의하여 충동적 정서나 소극적인 감정을 발산시키는 것을 말한다. 독서요법에서의 카타르시스는 작품 중 인물의 감정, 사고, 성격, 태도에 대한 감상을 문장으로나 말로 표현시키는 이른바 감상의 고백을 말한다. 이러한 작품 중 인물에 대한 감상의 고백은 대상자 자신의 내면적인 정서나 사고, 성격, 태도의 간접적인 고백이기 때문에 치료가 계속되어짐에 따라 의식적인 억제나 억압이 점차 약해져서 작중 인물에 대한 감상이라고 하는 간접적인 표현 형태로 바뀌게 되는 것이다.

(3) 통찰의 원리

통찰이란 지각상의 재조직화를 의미한다. 그것은 새로운 관계를 깨닫는 것이고 축적된 경험을 통합하는 것이며, 자기의 재정향을 의미한다. 통찰 과정의 첫 요소는 관계의 지각이다. 이것은 지적인 영역과 지각적인 영역에서 흔히 볼 수 있으며, 수수께끼를 푸는 데서 자주 나타난다. 수수께끼를 풀기 위해 다양한 요소들을 살펴보게 되는데, 이 요소들을 새로운 관계에서 갑자기 지각하게 되면서 수수께끼를 풀게 된다. 때때로 이 경험을 "아하!" 경험이라고 부르기도 한다.

이 경험과 함께 돌연 번개처럼 이해할 수 있게 되기 때문이다. 이런 지각은 상담이나 심리 치료에서 오직 내담자(독자)가 정화의 과정을 통하여 방어에서 해방되었을 때에만 가능한 것이다. 지각상의 재조직화는 오로지 이런 감정의 해소 상태에서만 일어날 수 있다. 이 새로운 지각의 자발적인 발달만이 통찰에 이르는 가장 빠른 길이라 할 수 있다.

통찰 과정에서 두 번째 요소는 자기의 수용이다. 지각의 관점에서 다른 말로 표현하면 모든 충동의 본질적 관련성에 대한 지각이다. 상담 상황의 수용적 분위기는 내담자(독자)가 매우 쉽게 모든 태도와 충동을 인정하게 해 준다. 상담 상황에서는 사회적으로 수용되지 않는 감정이나 이상적자기와 일치하지 않는 감정을 부정하려는 일반적인 욕구가 없다.

내담자(독자)는 자신이 평소에 생각해 온 대로 자기 자신과 그보다 더 가치가 없고 더 수용하기 어려운 충동 사이의 관계를 깨달을 수 있게 된다. 따라서 내담자는 지금까지 누적되어 온 경험을 통합할 수 있게 되어 훨씬 덜 분할된 사람이 된다. 그리고 훨씬 잘 기능하는 하나의 단위가 되어서 모든 감정과 행동이 다른 모든 감정과 행동을 서로 인정하는 관계를 가지게 된다.

통찰 과정에서 세 번째 요소는 선택이다. 진정한 통찰은 보다 더 만족스러운 목표를 적극적으로 선택하는 것을 포함한다. 신경증 환자는 현재의 만족과 성숙한 행동의 만족 사이의 선택을 분명히 깨닫게 되면 후자를 좋아하는 경향이 있다. 이 선택의 행위를 "창조적 의지"라고 부른다. 만일 이 용어가 면담 상황에 나타나는 어떤 신비로운 새로운 힘을 의미하는 것이라고 한다면, 우리들의 상담에 관한 지식에서 이런 가정을 입증할 만한 것은 하나도 없다. 그러나 이 용어를 내담자(독자)가 자신의 욕구를 만족시키는 둘 혹은 그 이상의 방법에 직면할 때 항상 하는 선택을 의미하는 것으로 한정해서 사용한다면, 이 말에는 상당한 의미가 있다. 또 선택에는 또 다른 면이 있다. 상담에서 통찰은 일반적으로 즉각적이고 일시적인 만족을 주는 목표와 지연되지만 보다 영속적인 만족을 주는 목표 사이의 선택을 포함한다.

자기 이해의 이 세 번째 요인을 이해하면 통찰이란 궁극적으로 내담자(독자)에 의해 얻어지고 성취되어야만 한다는 것과 교육적인 수단이나 지시적인 방법으로 내담자에게 줄 수 없는 것이라는 결론에 도달하게 된다. 통찰은 어느 누구도 내담자(독자)를 위해서 대신해 줄 수 없는 선택을 포함한다. 만일 상담자(독자)가 이 한계를 충분히 인식하고 주제를 명료하게 해 주면서도 선택에 영향을 미치려는 노력을 하지 않으면서 이해하는 태도로 지지해 줄 수만 있다면, 이 선택은 건설적인 것이고, 이러한 선택은 효력을 발휘하도록 적극적인 행동이 취해질 확률을 매우 높여 줄 것이다.

통찰이 발달되어 가면서, 또 내담자(독자)가 새로운 목표로 향하게 하는 결정이 이루어지면서, 내담자는 새로운 목표의 방향으로 움직이는 행동을 함으로써 이 결정을 이행하려는 경향을 보인다. 이런 행동은 획득된 통찰이 과연 진

정한 통찰인지의 여부를 검증해 준다. 만일 새로운 방향이
행동에 의해 자발적으로 강화되지 않는다면, 그것은 성격
에 깊게 관련되어 있지 않은 것이 분명하다.

실제 상담에서 이런 적극적인 단계는 언제나 변함없이
통찰과 함께 나타난다. 상담자가 이런 적극적 행동의 중요
성을 충분히 깨달아야만 하는 이유는 이 행동이 이처럼 점
점 증가해 가는 독립성의 의미를 가지고 있기 때문이다. 내
담자(독자)는 이 새로운 행동을 새로운 목표를 향한 최초
의 움직임으로 분명하게 깨달을 때 상담 관계를 끝내는 것
에 대해서 두려움 없이 신중하게 생각하기 시작하고, 또 자
신의 독립성에 대한 만족이 증가해 간다는 것을 알게 된다.
이 점은 건설적으로 상담 관계를 종결하는 문제를 고려하
도록 한다.

3) 서사적 관점

독서치료의 원리를 이해하는 데 있어서 서사의 본
질을 이해하는 것은 매우 중요하다고 생각한다. '敍事
(narrative)'란 이야기를 기술하는 행위와 내용, 그리고 그
러한 행위에 의해 쓰인 작품(text)을 통칭하는 개념이다. 책
이 치료하는 힘을 갖는 까닭은 책 자체에 마술적인 힘이 있
는 것이 아니라 '책'이 서사, 즉 이야기를 담고 있는 매체이
기 때문이다. 서사론적인 관점에서 볼 때 인간은 서사적인

존재이다. 즉, 인간은 이야기를 만들어 가는 주체로서 존재하며 이야기 듣기를 좋아하고 자신의 이야기를 들려주기를 좋아한다.

인간이 서사적인 존재라고 할 때 각자는 자신의 이야기를 만들어 간다. 그런데 사람은 꼭 같은 사건을 꼭 같은 장소에서 경험해도 각자가 다른 스토리를 주관적으로 구성해 간다. 이러한 이야기를 만들어 가는 능력 때문에 우리의 삶은 통일성과 일관성을 지니게 된다. 즉, 어제 경험한 사건과 오늘 경험한 사건, 그리고 미래의 사건이 하나의 맥을 가지고 엮어져 통일된 이야기를 구성할 수 있는 것이다. 그런데 심리·정서적으로 문제가 있는 사람들은 대개 현실과 유리되거나 비현실적인 이야기(narrative)를 만들어 간다고 볼 수 있다.

이야기를 담고 있는 매체로서의 책은 서사적 존재인 인간에게 강력한 영향력을 미친다. 특히 문학작품은 다양한 문제에 직면한 다양한 성격의 인물들이 있어 심리·정서적 문제를 지닌 내담자들의 훌륭한 모델이 된다. 독자(내담자)는 문학작품 속에 등장하는 인물들이 어떻게 자신의 이야기를 생산적이고 긍정적으로 구성해 가는지를 관찰함으로써 자신의 이야기를 다시 쓸 수 있는 가능성이 열리게 된다. 이러한 서사의 치료하는 힘을 발견하고 임상치료에 적용하려는 분야가 'narrative-therapy'이다. 문학작품이 비문학적인 텍스트보다 치료의 효과가 크다고 알려져 있는

데, 이는 문학작품이 독자의 정서를 터치하고 작품 속에 현실과 흡사한 허구적인 세계를 창조해 주기 때문이다. 시 치료에서는 시가 가진 리듬, 운율, 이미지, 상징성에 주목하는데 이들이 꿈과 같이 무의식에 가장 가까운 언어이기 때문이라 할 수 있다.

사람은 누구나 자신의 시어를 가지고 있으며 이를 촉진자가 자유롭게 표현할 수 있도록 도울 때 무의식적으로 억눌려 있던 것들이 의식화되면서 치료가 일어난다.

4) 두뇌생리학적 관점

독서의 치료적 효과를 두뇌생리학적 관점에서 깊이 연구한 사람은 글렌 도만(Glenn Doman) 박사이다. 글렌 도만 박사는 평생 중증뇌장애자 치료에 헌신해 온 사람으로, 읽기를 가르치는 것이 뇌장애 치료에 탁월한 효과가 있음을 발견하였다. 그는 연구를 통해서 인간의 감각경로(시각, 청각, 촉각)와 운동경로(운동, 말하기, 손을 사용하기)와 두뇌의 발달은 서로 밀접한 상관관계에 있음을 밝혀내었다. 그의 이론을 한마디로 요약하면 "기능이 구조를 결정"한다는 것이다. 예컨대 중증뇌장애자의 경우 대부분 부모들은 그가 중증뇌장애를 지녔기 때문에 지능이 낮고 지능이 낮기 때문에 읽을 수 없다고 가정하고 아이가 독서경험을 할 수 있는 환경 제공을 아예 포기해 버린다. 그러나 안타깝게도

뇌장애아들은 독서경험을 해 본 적이 없기 때문에 뇌의 구조가 충분히 발달하지 못하고 그렇기 때문에 읽기 능력과 생각하는 힘이 저하된다는 것이다. 다시 말하자면 중증뇌장애자들에게도 충분한 독서를 경험할 수 있도록 배려하면 정상적인 아동들과 전혀 다름없이 지능이 발달한다는 사실을 30여 년의 임상적 경험을 통하여 밝혀낸 것이다. 글렌 도만 박사는 이러한 자신의 경험을 토대로 정상적인 아동들의 지능발달을 위한 프로그램을 개발하여 지금 활발하게 활동 중이다.

5. 독서치료에는 유형이 있다

독서의 힘을 통하여 사람의 심리, 정서, 부적응 문제 해결을 돕고자 하는 임상학문으로서 독서치료의 삼대 요소는 상담자, 내담자, 그리고 텍스트(문학작품, self help books)이다. 세 가지 요소들 중 어떤 부분을 강조하는지, 또 독서 행위에서 읽기와 생각하기, 그리고 표현하기 중 어떤 점을 강조하는지에 따라 다음 다섯 가지 흐름이 있다.

첫째, 정보제공형 독서치료로서 텍스트와 내담자의 상호작용을 강조하는 유형이다. 본래 미국에서 발전되어 온 독서요법의 역사를 보면 초기에 병원 도서관 사서들이 매우 활발하게 이 분야를 연구했던 것을 알 수 있다. 사서들은 독서가 환자들의 치료에 매우 긍정적인 효과가 있음을 발견하고 책과 환자가 더 잘 상호작용될 수 있는 방안을 모색해 왔다. 그 결과 어떤 특정 문제에 적절한 책들을 목록화할 뿐 아니라 치료적 질문이 실린 매뉴얼들이 다수 생산되었다. 내담자와 책의 상호 작용에 초점을 맞춘 정보제공형 독서치료는 문헌정보학을 전공한 사서들이 연구할 수 있는 영역으로 우리나라에서도 계속 발전되리라 본다.

둘째, 상담자와 내담자의 촉진적 관계를 강조하는 상호작용적 독서치료 유형이다. 이 유형의 기본적인 가정은 독서치료의 텍스트를 내담자와 상담자의 촉진적 상담 관계에서 사용하는 것이 가장 효과적이라는 것이다. 따라서 책의 선정과 상담의 진행과정 전체를 통해서 상담자의 전문적인 리더십이 강조되고 있다.

셋째, 문학작품 자체를 강조하는 유형인 시치료(poetry therapy)이다. 시치료는 시가 가진 독특한 치료적 요소에 초점을 맞춘다. 시는 이미지, 리듬, 운율 등의 요소들이 있는데 이는 인간의 무의식에 들어가는 문과 같아서 프로이드가 말하는 꿈의 기능과 가장 비슷하다고 본다. 문학에서 시의 창작은 심미성을 강조하지만 시치료에서는 자기표현의 수단임을 강조한다. 본래 사람은 시적이어서 누구든지 자신의 시어를 표현할 수 있고 쓸 수 있다. 그렇게 하는 가운데 감정적인 카타르시스가 일어나고 문제를 객관화할 수 있다는 것이다.

실제로 미국에서는 독서치료사라는 이름이 아닌 시치료사라는 명칭으로 많은 전문가들이 활동하고 있으며 시치료협회(http://www.poetrytherapy.org)가 결성되어 있어 프로그램에 대한 표준을 제시하고 자격관리 및 치료사들을 양성하고 있다.

넷째, 자기조력(self help)적 독서치료 분야이다. 이론적으로 독서치료는 책과 독자의 자발적 상호작용을 통하여 치료가 일어나는 것이다. 따라서 반드시 상담자의 개입이 있어야만 하는 것은 아니다. 역사 속에서 독서치료라는 개념을 알지 못했지만 책을 통해서 자기를 치료한 사례는 얼마든지 찾아볼 수 있다.

다섯째, 독서 행위를 입력(읽기, 듣기), 생각하기, 표현하기 등 세 가지 영역으로 나누어 볼 때 표현을 강조하는 독서치료로서 '글쓰기 치료'이다. 미국에서는 저널치료(journal therapy)로 알려져 있으며, 특히 성인들에게 효과가 있는 것으로 밝혀졌다. 사실 독서치료의 원리는 적절한 자료(텍스트)를 읽고 생각하고 표현하는 순환적 과정을 통해서 생각이 자라게 하는 것이다. 독서치료의 다른 유형에서도 독후 활동으로 다양한 형태의 표현을 장려한다. 내담자의 관심과 발달 수준에 따라 표현 활동 양식이 주의 깊게 선택될 필요가 있다. 그렇기는 하지만 성인들의 경우 글쓰기를 통하여 자신의 과거의 경험들을 통합하고 미래를 계획하는 것은 좋은 치료적 효과가 있다.

독서치료는 내담자와 상담자의 형편과 목적에 따라 위의 다섯 종류의 독서치료를 적절하게 활용하는 것이 바람직할 것으로 생각된다. 이 밖에도 독서 자체에 장애가 있는 이들을 돕고자 하는 독서장애 클리닉 분야가 있는데 전정재 교수는 대부분의 경우 독서장애와 심리·정서적 문제는 매우 밀접하게 관련되어 있음을 밝히고 있다.

그렇지만 독서장애 클리닉은 심리·정서적 문제보다는 읽기장애 극복에 그 일차적인 관심을 둔다는 점에서 독서치료와 구별된다. 독서장애와 심리·정서적 문제는 서로 상관관계가 있으나 어느 것이 원인이고 어느 것이 결과인지 밝히는 것은 쉽지 않다고 본다.

1) 대상에 따른 유형

독서치료의 대상(target)을 누구로 볼 것이냐에 대해서도 여러 의견이 있어왔다. Hart(1977)와 Bernstein(1977)은 책을 읽음으로써 도움을 받는 모든 사람을 그 대상으로 하였다. 그러나 대부분의 사람들은 'Bibliotherapy'에서 'therapy'라는 단어 때문에 치료의 효과라든지 도움이 필요한 문제점을 가진 사람을 생각하게 된다.

그러한 견해 차이를 명확하게 하기 위해 Pardeccl(1977)은 독서치료의 대상을 다음의 세 가지로 설명하고 있다. 즉 정서적으로 문제를 가지고 있는 사람들, 적응을 잘 못하는 사람들, 성장하고 발달하면서 누구나 가지는 전형적인 요구를 가진 사람들이 그 대상이 될 수 있다고 하였다.

Lack(1975)은 독서치료 활동의 종류와 참여한 어린이의 특성에 따라 발달적(development) 독서치료와 임상적(clinical) 독서치료로 구분하였다. 그녀는 발달적 독서치료는 어린이가 정상적인 일상의 과업에 대처할 수 있도록 하기 위하여 문학작품을 활용하는 것이라고 하였다. 따라서 읽기자료와 토론 활동이 일반적인 인성 발달을 강조하게 된다. 그러나 임상적 독서치료는 정서적으로나 행동 면에서 심하게 문제를 겪고 있는 사람들을 도와주는 개입의 형태로서 특별한 문제에 초점을 두게 된다.

2) 상호작용의 정도에 따른 유형

Gladding은 독서치료 중에 이루어지는 상호작용의 정도와 유형에 따라 반응적 독서치료(reactive bibliotherapy)와 상호작용적 독서치료(interactive bibliotherapy)로 나누고 있다. 반응적 독서치료는 최소한의 상호작용이 있는 독서치료로, 어린이에게 독서 자료에 대한 과제를 주고 그 과제에 대하여 긍정적인 반응을 주는 정도이다. 그러나 상호작용적 독서치료는 그 과정 중에서 참여자 개개인이 문학작품들을 읽는 것을 그다지 강조하지는 않는다. 그 대신 치료자는 참여자가 문학작품을 읽은 후 상호작용을 잘하도록 안내하며, 성장과 치료를 위한 촉매로서 문학작품을 활용하고, 작품을 읽은 후의 반응을 창의적으로 쓰게 한다.

3) 상황에 따른 유형

독서치료 상황이 치료자와 참여자 사이에 일대일로 이루어지는지, 아니면 일 대 집단으로 이루어지는지에 따라 그 유형이 나누어질 수 있다. 집단으로 이루어지는 독서치료는 비슷한 정도와 유형의 문제를 가지고 있는 사람들이 모여서 시나 동화 등의 인쇄된 글 혹은 시청각자료를 읽거나 들은 후에 토론을 하는 형태이다. 집단에서 이루어지는 상호 작용의 효과가 널리 알려지면서 요즘에는 거의 집단으로 독서치료를 하고 있는 추세이다.

실제로 나이가 어린 유아나 어린이, 그리고 자기 방어를 많이 하는 참여자들은 일대일로 했을 때 상호작용의 양이 적다. 그러나 특히 유아의 경우 4~5명의 작은 집단이 모여서 이야기를 나눌 때 상호작용을 훨씬 많이 한다는 연구결과들은 소집단으로 이루어지는 독서치료의 효과를 입증하고 있음을 알 수 있다.

6. 독서치료에는 담당자가 있다

독서치료에서 환자를 진단하고, 독서재료를 처방하고 교정이나 치료를 진행하는 것은 독서치료자인 전문가의 책임이어야 한다. 즉, 이 치료법을 실시하는 데는 매우 광범위한 지식이나 기술을 필요로 한다. 지금 단계에서는 이들 지식이나 기술을 완전하게 체득하고, 그것을 충분히 구사할 수 있는 전문가로서의 독서치료사를 바라기란 곤란할 것 같다. 또한 설령 그런 사람이 있다고 해도 가정에서 생활하고 있는 환자를 치료하는 데는 부모나 보호자의 협력이 필요하다.

그리고 학교생활에 문제가 있는 환자의 치료에는 그 학교 교사의 협력이 필요하다. 병원 환자의 독서치료에는 의사나 간호사의 협력이 필요하고, 교정기관에서의 독서치료에서는 그것에 관련된 지도자의 협력이 필요하다. 이러한 사람들의 협력 없이 독서치료는 그 진가를 발휘할 수 없다.

그래서 독서치료의 효과를 이상적으로 달성하려면 치료 장소의 조건에 따라서 의사, 카운슬러, 교사, 사서, 사회사업가(social worker), 교도관 등이 각자의 전문적 책임하에서 협력할 수 있는 팀을 구성하고, 그 팀 리더의 지휘하에 활동하는 것이 바람직하다. 예를 들어 학교에서는 교의(가능하면 정신의도 포함한다), 카운슬러 교사, 사서로 구성할 수 있다. 또한 일반 시설이나 병원 등에서는 주치의, 사서,

간호사 등의 참가가 바람직하다. 이런 팀 멤버들의 책임에
는 다음과 같은 사항이 포함된다.

1) 팀 리더

독서치료에서 팀 리더는 독서치료사가 담당한다. 그러나
이런 전문가를 구할 수 없는 경우 카운슬러, 교사나 사서,
혹은 의사가 담당할 수 있다. 팀 리더는 독서요법 계획의
책임자로서의 역할을 맡은 사람으로 팀 멤버의 전문적 협
력하에 치료계획의 수립이나 실시를 추진하게 된다.

(1) 독서치료에 필요한 책을 조직적으로 선택하기 위해
    적절한 지시를 해 준다.
(2) 개인이나 집단의 독서치료 계획에 대해 매주 회의를
    열어 상담하고 인가를 해 준다.
(3) 사서에게 환자의 병력, 심리상태, 독서습관이나 흥미
    등에 관한 정보를 제공해 준다.
(4) 환자와 면접해서 책을 처방하고 치료를 실시한다. 또
    한 필요에 따라 특정 환자에게 집단 독서치료에서 활
    동적인 역할을 준다.
(5) 독서치료사로서의 책임으로 환자를 격려하거나, 독서
    를 촉진하기 위해 필요한 여러 활동, 즉 책의 추천이
    나 독서의 계기 마련 등의 지도 조언을 한다.

(6) 독서치료의 계획을 평가하고 치료효과를 판정하는 등 끊임없이 개선에 노력한다.

(7) 책이나 환자의 병상 등의 사례연구회를 정기적으로 개최하고 치료수준을 높이도록 한다.

2) 의사 카운슬러

독서치료를 실시하는 책임자로서 심리치료 전문가 역할을 맡은 사람이다. 따라서 독서치료사로서의 책임을 다한다.

(1) 최초의 치료계획에서부터 최후의 평가나 치료완료까지 독서치료 전체에 대해 책임을 진다.

(2) 환자의 교정이나 치료를 위한 처방전과 거기에 필요한 적절한 책을 지시한다.

(3) 교정이나 치료와 관계있는 독서활동에 대해 팀 멤버와 함께 회의를 열고 의견이나 정보를 교환한다.

(4) 환자의 흥미, 요구나 독서경향 등을 충분하게 파악한다.

(5) 도서관을 방문하거나 사서와 함께 환자의 병실을 방문해서 환자를 관찰하고 적절한 지도 조언을 한다.

(6) 사서에게 정신 의학이나 심리치료에 관한 전문적 지식이나 기능에 대해 지도한다.

3) 사서

사서는 독서나 그 지도 및 책에 대한 전문가로서 책을 선택하거나 실제로 독서치료에 참가하고 독서환경을 정비하는 역할을 맡는다.

(1) 독서치료를 위한 책을 선택한다. 가능하면 독서치료에 필요한 책의 목록을 짠다.
(2) 치료목표에 따라 환자를 위한 독서나 그 지도에 대해 적절한 활동을 한다.
(3) 팀에서 뽑은 환자의 개인적인 독서계획을 짜고 지도한다.
(4) 집단 독서치료에서 책의 선택, 조직, 지도조언이나 지도자로서의 책임을 다한다.
(5) 환자의 독서기록이나 독서경향, 습관 등에 대해 팀 멤버에게 보고한다.
(6) 독서환경을 정비한다.
(7) 독서의 동기를 마련하고, 교정지도나 치료가 효과적으로 달성되도록 지도한다.
(8) 독서를 통해 사회생활에 적응할 수 있도록 한다.

4) 교사(사서교사)

독서치료에서 교사, 특히 사서교사는 문제아의 조기 발견이나 예방, 혹은 교정지도나 치료에 대한 원조와 그 예후 지도를 맡을 뿐 아니라 독서치료사나 카운슬러와 끊임없이 연락해 적절한 처리나 지도를 행한다.

(1) 문제아를 조기 발견하여 카운슬러에 연락하고 적절한 처치를 한다.
(2) 학생의 비행화 예방이나 정신위생을 위해 항상 독서 지도를 한다.
(3) 문제아의 독서활동을 조성하기 위해 필요한 적절한 지도를 한다.
(4) 교정이나 치료 중의 학생을 잘 관찰하고 그 효과가 충분히 달성되도록 교사로서 도와줄 뿐만 아니라 항상 팀 멤버에게 그 관찰 결과를 보고한다.
(5) 정상적인 상태로 회복된 학생은 재발하지 않도록 특별한 배려를 하고, 더욱 바람직한 인간이 되도록 카운슬러나 사서와 협력하여 적절한 지도를 한다.

5) 간호사(보건교사)

병원에서 환자와 접하는 기회가 많으므로 환자의 관찰, 치료 효과의 판정 등 전문적인 간호의 입장에서 그 역할을 다한다.

(1) 간호활동을 통해서 알게 된 환자의 정신적 문제에 관한 것을 주치의나 팀 멤버에게 보고한다.
(2) 환자의 관심이나 요구, 독서경향 등에 대해 팀 멤버에게 보고한다.
(3) 사서와 협력해서, 환자의 독서활동이 활발해질 수 있게 한다.
(4) 치료 중에 환자에게 전문적인 도움을 준다.

이렇게 각각의 전문가가 그 책임을 분담하고, 팀을 구성하고 협력해 독서치료를 진행하는 것은, 그 교정이나 치료를 보다 한층 효과적으로 성공시키는 열쇠가 된다.

이를 위해서는 팀 멤버의 구성에 맞춰 교정이나 치료에 관한 넓은 범위의 전문가의 참가는 물론이고 팀 멤버가 유기적으로 결합하여 바람직한 인간관계를 확립하도록 하는 것이 중요하다.

저자 약력

●

곡천 이만수(谷泉 李萬洙)

───

1948년 경남 진주 출생
수곡초등학교, 진주중학교, 진주고등학교 졸업
서울교육대학교 초등교육학과(교육학사)
명지대학교 문헌정보학과(도서관학사)
한양대학교 교육대학원 사서교육전공(교육학석사)
중앙대학교 신문방송대학원 영상매체전공(문학석사)
상명대학교 대학원 문헌정보학전공(문학박사)
대진대학교 총장 비서실장
대진대학교 중앙도서관장
대진대학교 인문과학대학장
대진대학교 대학원장
대진대학교 통일대학원장
대진대학교 대학원 전공주임 교수
대진대학교 교육대학원 전공주임 교수
대진대학교 문헌정보학과 교수
학교도서관정책포럼 회장
한국도서관정보학회 부회장, 총무, 이사
현) 대진대학교 교육대학원 교수
　　대진대학교 문헌정보학과장
　　대진대학교 독서문화연구소장
　　대진대학교 다문화연구소장
　　한국문헌정보학회 이사

───

『도서관교육론』(공저, 1989)
『학교도서관 경영론』(공저, 1995)
『정보사회의 이해』(2000)
『문헌정보학의 이해』(공저, 2003)
『공공도서관 길라잡이 (상·하)』(2003)
『최신 문헌정보학의 이해』(공저, 2006)
『독서교육론』(2008)
「교육대학도서관의 교육적 기능에 대한 연구」(1986)
「교수미디어센터의 운영에 관한 연구」(1991)
「문헌정보학 실습실의 교수매체 센터화에 관한 연구」(1999)
외 논문 100여 편.

초판발행 2012년 4월 5일
초판 7쇄 2020년 2월 10일

지은이 이만수
펴낸이 채종준
기획 강태우
교정 박은주
디렉터 곽유정
디자인 박능원

펴낸곳 한국학술정보(주)
주소 경기도 파주시 회동길 230 (문발동 513-5)
전화 031-908-3181(대표)
팩스 031-908-3189
홈페이지 http://ebook.kstudy.com
E-mail 출판사업부 publish@kstudy.com
등록 제일산-115호(2000. 6. 19)

ISBN 978-89-268-3096-3 03810